par Simon David et Mourgues d'après Goiset *Mourgues*

ANTOINE

ET

CLÉOPATRE,

TRAGÉDIE,

PAR LE CITOYEN S. D. M.,

HABITANT DE MONTPELLIER.

L'ennui naquit un jour de l'uniformité. VOL.

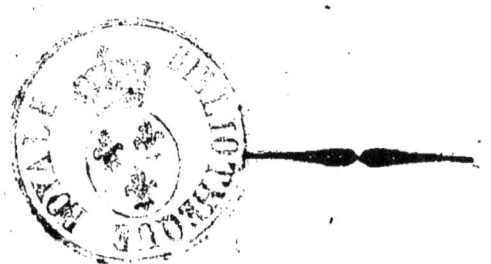

A PARIS;

Chez Mme. MASSON, libraire, rue de l'Échelle, n°. 558,
au coin de celle Saint-Honoré.

DE L'IMPRIMERIE DE CHAIGNIEAU AINÉ.

AN XI. — 1803.

PRÉFACE.

Qu'est-ce qu'une Préface? un surcroît d'ennui pour le Lecteur si l'ouvrage qu'on lui présente est mauvais, une apologie inutile s'il est bon. Aussi me serais-je dispensé d'en donner une si mon objet était moins la défense de ma tragédie, que de justifier une nouveauté que je me suis permis d'y introduire, et de rendre compte du motif qui me l'a fait hasarder dans un genre où on ne l'avait point encore admise, du moins de nos jours.

J'avais souvent remarqué, et je ne suis pas le seul sans doute, que la plupart des expositions des pièces de théâtre, fesaient bâiller, ou du moins languir les spectateurs, plutôt que de fixer leur attention. Ne serait-il pas possible, me disais-je à moi-même, de leur épargner ce dégoût? Pourquoi, suivant la judicieuse remarque de Boileau, d'un divertissement leur faire une fatigue? Il faut sans doute les instruire du sujet de la pièce et des principaux personnages qui doivent avoir part à l'action; mais si cette instruction est trop pénible, dès ce même moment ils ferment les oreilles, pour ne les ouvrir que lorsque l'intrigue commence à les intéresser; ensorte que cette prétendue instruction est à pure perte, si ce n'est pour tous, du moins pour le plus grand nombre.

On sait que les anciens, pour obvier à cet inconvénient, fesaient précéder la pièce d'un prologue, dans lequel un ou deux interlocuteurs rendaient compte à l'assemblée de ce qu'il était nécessaire qu'elle sût pour l'intelligence de l'intrigue, ce qui donnait la liberté au poëte de faire entrer dès le début ses personnages en action. Je ne sai si l'on a bien ou mal fait de les supprimer. Comme qu'il en soit, après y avoir quelque temps réfléchi, j'imaginai que l'on pouvait s'emparer de l'attention de l'auditeur dès l'ouverture du théâtre, non-seulement par un spectacle pompeux et imposant, mais encore par des chants et des danses. Imbu de cette idée, je crus trouver dans l'histoire d'Antoine et de Cléopâtre, un sujet propre à l'exécution de mon dessein, et voici à-peu-près comme je raisonnai :

Il est naturel, me dis-je, qu'après la perte du combat d'Actium, occasionné par la fuite de Cléopâtre, cette superbe reine, savante en l'art de séduire, use de toutes sortes de moyens pour consoler son amant d'un échec aussi rude; tâche de l'en distraire par des fêtes, des jeux, etc., avec d'autant plus de raison, que n'ignorant pas que Marc-Antoine, par son attachement pour elle, s'était attiré l'indignation et le mépris presque général des Romains, elle avait à craindre que, rentré en lui-même, honteux de son esclavage, et fesant enfin un généreux effort sur lui, il ne lui échappât encore une fois, pour se rapprocher d'Octavie et se ménager par elle un accomodement avec son vainqueur.

D'après ces raisons qui me parurent d'autant plus justes qu'elles sont autorisées par l'histoire, puisqu'elle fait mention des diverses fêtes que ces illustres amans se donnaient mutuellement; d'après, dis-je, ces raisons, je crus le divertissement en question assez bien justifié pour en faire la base de ma pièce, et je mis la main à l'œuvre. Mon labeur achevé, ayant occasion, deux ans après, de me rendre à Paris pour d'autres objets; curieux de savoir ce qu'on y penserait de mon poëme; à peine eus-je ouvert la bouche sur la nouveauté que je m'étais permis d'y incorporer, que les personnes à qui je m'adressai ne me donnèrent pas le temps d'achever. Un divertissement mêlé de chants et de danses dans une tragédie ! cela n'est pas supportable, me dit-on ; la sévérité du Théâtre-Français ne saurait le permettre : croyez-moi, mutilez votre ouvrage, et réservez-le pour l'Opéra.

Atterré, comme on peut bien se le figurer, par un arrêt aussi foudroyant, je restai long-temps interdit. Enfin, ayant peu à peu recueilli mes esprits, j'osai humblement riposter : et pourquoi un divertissement serait-il plus déplacé sur le Théâtre-Français que sur celui des Arts, où on en souffre plusieurs à-la-fois dans le cours d'une même pièce, c'est-à-dire jusqu'à satiété, et où ils sont amenés le plus souvent sans aucune vraisemblance et comme tombant des nues, lors-même que l'intervention des Dieux ou de la féerie, ne s'en mêle point? Un opéra est-il autre chose qu'une tragédie? n'est-il pas soumis à-peu-près aux mêmes règles que la tragédie proprement dite? la plupart des sujets qu'on représente sur l'un et l'autre théâtre, ne sont-ils pas les mêmes? Achille, ou tout autre héros, transporté de la scène française sur celle de l'Opéra, y perd-il tout-à-coup de sa fierté, de sa morgue? amolli par les sons harmonieux que Gluck ou Piccini lui prête, que sa gravité ne soit point blessée d'un divertissement? Euterpe, Terpsichore, ne sont-elles sœurs de Melpomène que du côté gauche, que celle-ci dédaigne et rougisse de se mêler avec elles lorsque le sujet le comporte? oubliez-vous que c'est à un divertissement

que la tragédie rapporte son origine, doit son
existence ? qu'il en fesait autrefois le principal? du moins, par reconnaissance, per-
mettez-lui quelquefois d'y paraître comme
accessoire, ne souffrez pas que la fille étouffe
tout-à-fait le père.

On a banni avec juste raison, les chœurs
de la tragédie, comme étrangers à l'intrigue,
qu'ils embarrassaient le plus souvent, et comme
distrayant le spectateur du principal objet.
Cela n'a point cependant empêché Racine de
les introduire dans son Esther et dans son
Athalie : il a plus fait, c'est au son des instru-
mens qu'il a favorisé l'inspiration des oracles
que Joad y prononce. Tout dépend du sujet
que l'on traite : ce qui est hors d'œuvre dans
un, cesse de l'être dans un autre, et se trouve
à sa véritable place.

Que conclure de cet exposé? que la tragédie
n'étant autre chose qu'un spectacle imaginé
pour amuser le public, le poëte jaloux de varier
ses plaisirs, peut y faire entrer tout ce qu'il
jugera convenable pour atteindre à ce but,
sans s'embarrasser des foudres impuissans d'un
tas de pédans obscurs, toujours à l'affût contre
le téméraire qui prétendrait s'écarter, ne fusse
que d'un pas, de la route battue : on doit s'y
attendre. Lorsque Voltaire fit représenter sa

Sémiramis, on ne manqua point de s'élever
contre l'ombre de Ninus ; c'était à qui mieux
mieux aiguiserait sa pointe contre elle. C'est
se moquer, disait-on, que de nous présenter
des revenans dans un siècle aussi éclairé que
le nôtre, et dont peut-être lui-même a le plus
aidé à propager la lumière. Qu'en résulta-t-il?
Que l'ombre de Ninus, malgré tous les ana-
thêmes et toutes les conjurations dont on s'était
avisé,

Pour la faire à jamais rentrer dans son tombeau,
Se frayant une route inconnue aux Corneilles,
Au gré de tous les cœurs en sortit de nouveau;
De Voltaire éclaira d'un plus grand jour les veilles;
Acquit à Melpomène un théâtre plus beau,
L'affranchit du labeur journalier des abeilles,
De sa marche uniforme alignée au cordeau,
Et des Midas du temps fit croître les oreilles.

Je me borne à ce seul exemple. Il serait
trop pénible et trop ennuyeux de rappeler
toutes les pièces qui, dans le principe, ont
essuyé la mauvaise humeur de la horde pédan-
tesque, et qui, dans la suite, ont été non-
seulement couronnées par le public, mais
même considérées comme des chefs-d'œuvre
de l'art.

Pédanterie a toujours existé.
Reine des sots, sans cesse en guerre
Avec génie, esprit, goût, nouveauté,
Elle exerce sur eux sa langue de vipère,

Dont elle a de Thersite autrefois hérité.
Thersite en fut puni, mais celle-ci prospère.
   Son règne, quoique détesté,
Se perd dans la plus noire et docte antiquité.
Aussi son origine à ses regards est chère.
Elle a pour sa marâtre un amour exalté
Qu'on prendrait pour folie, à ne s'y tromper guère.
C'est son palladium, elle en fait sa bannière.
   Riche de mots, mais d'esprit pauvreté,
   Elle s'applique à cacher sa misère.
D'un habit d'Arlequin, chez les Grecs emprunté (1).
     Voile impuissant, sa nudité
   Perce au travers et trahit le mystère.
Ses sujets tout autour de son trône de verre,
   Cassé sans cesse et toujours rajusté,
   Longin, sous yeux, bâillant avec sublimité,
   Le livre d'or mille fois feuilleté,
Provoquez au sommeil s'endorment sur Homère.
Réveillez-vous, sortez de cet antre encroûté.
   Drame paraît : de l'art trop limité,
   D'un pas de plus il prolonge la sphère.
   — Vous vous moquez : il sera rejeté,
   C'est un enfant qui marche sans lisière :
Sans parain, sans patron, peut-il être adopté?
Rodesys avec lui l'entraîne dans sa bière.
   Digne loyer d'un auteur téméraire ;
Qui veut suivre un chemin qu'on n'a jamais tenté.
Tout a par les anciens été dit, inventé.
L'imagination n'a plus de course à faire,
   Touche aux confins de son immensité.
Tout est gouffre au-delà, chaos, obscurité.

---

(1) Les citations.

Sur l'âne de Sancho l'on s'y trouve monté,
Cherchant gouvernement dans l'île de Chimère.
— Peut-être..... — C'est assez ; notre oracle est dicté.
    N'en parlons plus. — Quoi ! sans être écouté,
Vous condamnez le cygne avant qu'il ait chanté ?
    Hé ! messieurs, on vous laisse braire !
Ayez à son égard la même charité.
Le sublime, à la fin, mène à satiété.
On a tant vu Corneille et Racine et Voltaire,
Chacun est si souvent sur l'affiche porté,
Qu'à la fin le public peut être impatienté.
Toujours perdreau sur table est une triste chère.
Le bon mot de Lucinde, en proverbe resté,
J'ai tant vu le soleil, peut être répété :
    Souvent l'éclipse est nécessaire.
    D'un ami qui nous a quitté,
Son absence nous rend sa présence plus chère
Lorsque par le retour il nous est présenté.
Pourquoi ne pas ouvrir à d'autres la barrière ?
Le théâtre languit, Melpomène est en deuil,
    Gémit encor sur le cercueil
    De l'atlas de son empire.
Son poignard renversé sur le sein de Zaïre
Chaque jour voit tarir de son fleuve un ruisseau,
Restreindre sa couronne et détendre sa lyre.
Ducis, au grand Corneille a rendu son pinceau,
Semble désaltéré des eaux de l'Hippocrène :
Delille se concentre à chanter dans la plaine ;
De la Harpe * s'enterre, et même en son vivant
Fait rentrer, sans pitié, Mélanie au couvent ;
Arrache d'une main, à soi-même inhumaine,

---

* Au moment de livrer cet ouvrage à l'impression, que des raisons
particulières ont retardé, j'apprends la mort du cit. de la Harpe,

Le laurier le plus beau qu'il planta sur la scène.
Faut-il encore fermer la porte aux aspirans?
— Oui, lorsqu'on y paraît sans le rameau d'Enée,
Cerbère vous aboie et vous montre les dents.
   On s'en retourne avec sa Dulcinée,
   Son oripeau sans valeur et sans prix.
Peut-on rien ajouter à l'écharpe d'Iris?
S'est-on jamais lassé d'une onde pure et claire?
Elle charme les yeux par sa limpidité :
Vous en buvez, j'en bois chaque jour dans mon verre.
Plus friand que les Dieux, vous êtes dégoûté
   De leur nectar; vous voulez qu'on l'altère;
Que le vil plomb de l'or souille l'intégrité!
Par un mélange impur, que dis-je, adultère,
Qu'Aréthuse reçoive, en son lit argenté,
Au lieu de son Alphée, ou Cocyte ou Léthé!
— Mais, Aréthuse ici paraît peu nécessaire...
— Point de mais, s'il vous plaît; la contrariété
   Est notre fort : mais il vous est ôté,
   Comme profane et hors du sanctuaire.
— J'avais tort. D'un discours si plein d'impureté
Allez vous décrasser dans la cuve d'Homère.
— C'est bien dit, on s'y baigne avec suavité.
Pédantisme, à ces mots, rouvre son reliquaire,
Feuillette de nouveau le sublime traité,
En hume quelque temps la vapeur somnifère,
Et se rendort, l'esprit de sublime enchanté.
Chacun dresse un autel à sa divinité,
     A sa marote et sa chimère.
   De nos amours, rien ne peut nous distraire.
Pareils à ce njgaud de sa chatte entêté,
Nous voulons à nos goûts que le Ciel même adhère,
Par notre cordonnier que tout pied soit botté.

Vous aimez rime en *are*, et moi je l'aime en *ère* ;
C'est là le tic dont je suis tourmenté.
En faveur d'Arouet j'ait fait un aparté.
Parlant d'un aigle, on prend une allure plus fière ;
Mais avec des goujats ! dans leur fange on s'enterre.
Quitte, rompant les fers dont on s'est garrotté,
De leur en barbouiller la face toute entière.

 Char d'Apollon, toujours la même ornière :
Parcourez ligne en *ère*, ainsi que ligne en *té* ;
C'est l'arrêt des pédans, il doit être écouté,
Sous peine de tomber encor dans la rivière
   Où vous fûtes précipité
Par ce jeune étourdi dont vous servez le père,
  Ou d'être encor plus maltraité
Que ne le fut le char du sauvage Hippolyte,
  Par Diane ressuscité,
  Par Racine à son tour ensuite,
Et que Guérin encore aujourd'hui ressuscite :
C'est le moyen d'avoir long-temps vie et santé.
  Vous en sortez ! rentrez, rentrez-y vîte ;
C'est un écart, l'écart est par eux écarté.
  Voués à l'uniformité,
Plutôt mourir d'ennui sur le sein de leur mère,
Que de sacrifier à la diversité.
Toujours les mêmes fleurs tapissent leur parterre,
Exhalent le parfum de l'insipidité.
Proscrivant de leur sol toute plante étrangère,
Comme un monstre odieux à leur société,
Janus n'est adoré par eux que d'un côté :
  Sa vieille face est celle qu'on révère ;
La jeune, à leurs regards, est fade et sans beauté.
  Tristes hiboux, ils fuyent la clarté ;
  Un plus grand jour les désespère.

La lanterne suffit : pourquoi le réverbère?
Asservis à la règle, esclaves de l'équerre
      Par Aristote inventé,
S'en affranchir, ô Ciel ! quelle témérité !
C'est renverser Horace et Boileau de leur chaire.
Repoussons tout coursier dans sa fougue emporté,
Qui, sans bride et sans frein, s'élance en la carrière.
      Pégase est par eux écourté,
      Ne peut voler en liberté
      Que dans l'enclos qui le resserre.
      On vous permet le terre-à-terre;
      Mais votre vol est plus ambitieux :
      Vous dérobez le feu des Cieux;
      Petits Jupins vous lancent leur tonnerre.
Ne vous effrayez point, il n'est pas dangereux.
      Cent et cent fois il tomba sur Voltaire,
      Sans qu'il en fût même entamé.
Nos vautours ont du bec, mais de griffes n'ont guère,
Pour arrêter un cœur par la gloire animé.
      Est-ce au Pygmée à désarmer Hercule?
Insensés ! ils voudraient, dans leur étroit cerveau,
Réduire l'aigle au vol du timide moineau,
Soumettre le génie à leur platte férule.
Mongolfier, dans les airs, les tourne en ridicule.
Volez, de Castalie osez franchir les bords.
Apollon, je le vois, sourit à vos efforts;
De son temple du doigt vous montre l'avenue,
Dont un fier fat en vain voudrait vous écarter.
Qu'importe qu'un corbeau croasse dans la nue,
La voix du cygne perce et se fait écouter.

———————

ACTEURS.

CLÉOPATRE, reine d'Egypte.

MARC-ANTOINE.

LUCILE, ami d'Antoine.

SOZIUS, lieutenant d'Antoine.

DIOMÈDE.

CHARMION, } dames d'honneur de Cléopâtre.
IRAS,

EROS, affranchi d'Antoine.

DERCÉTÆUS, un des gardes d'Antoine.

SÉLEUCUS, trésorier de Cléopâtre.

OCTAVE.

AGRIPPA.

ARRIUS, philosophe.

PROCULÉIUS.

SUITE d'Octave et d'Antoine.

GARDES d'Octave et d'Antoine.

La Scène est à Alexandrie.

ANTOINE
ET
CLÉOPATRE,
TRAGÉDIE.

ACTE PREMIER.

Le théâtre représente une galerie ou salle du palais, décorée de tout ce que l'imagination peut suggérer de magnifique et de voluptueux. Les coulisses représentent les amours de Mars et de Vénus. et plusieurs glaces. Dans le fond du théâtre est un trône superbe enrichi de pierreries.

SCÈNE PREMIÈRE.

CLÉOPATRE, *représentant Vénus, est assise sur son trône. L'Amour, représenté par un jeune enfant, est à côté d'elle. Les ambassadeurs des rois circonvoisins, chacun dans le costume de son pays, les grands, les officiers de marque, occupent des gradins à côté du trône, suivant leur rang. Le reste de la scène est occupé par les Amours, les Grâces, les Plaisirs, etc.*

CLÉOPATRE.

ANTOINE doit bientôt paraître dans ces lieux :
Je l'ai fait prévenir par Eros de s'y rendre.
Aux apprêts de ce jour il est loin de s'attendre.

J'ai voulu qu'on en fît un mystère à ses yeux :
Sous ce déguisement que je vais le surprendre !
Je lui rappelle un jour pour moi bien glorieux,
Un triomphe à jamais gravé dans ma mémoire,
Dont Vénus et l'Amour partagèrent la gloire.
Ce jour où l'Erotas me reçut sur ses bords.
J'y venais d'un vainqueur défier la colère ;
Loin de les avouer le charger de mes torts ;
Mon aspect, tout-à-coup, enchaîna ses transports.
Eperdu, croyant voir la reine de Cythère,
Il ne put résister à des attraits si doux,
 Et je vis Mars tomber à mes genoux.
Vous, qui représentez les Plaisirs et les Grâces,
Etalez à ses yeux vos plus touchans appas ;
Attachez ses regards sans cesse sur vos pas,
Distrayez-les du jour marqué par nos disgraces.
Sur les cœurs des mortels que ne pouvez-vous pas !
Le plus sombre chagrin disparaît sur vos traces.
 Et vous, qui par vos chants divers,
Instruisez à-la-fois et charmez l'Univers,
 Savantes sœurs, séduisantes sirènes,
 Par la douceur de vos concerts
Retenez, s'il se peut, ce héros dans mes chaînes.
 Amours, sur lui lancez de nouveaux traits ;
Qu'à ses regards par vous je me trouve embellie ;
Représentant Vénus, donnez-m'en les attraits,
Et voilez à ses yeux les charmes d'Octavie.
Je crains que le dépit de nos derniers malheurs
 Ne le ramène encor vers elle.
A mes yeux éblouis on la dépeint si belle,
On charge son tableau de si riches couleurs....
 Je pourais craindre un infidèle ?
Non, pour jamais son cœur m'est asservi :
On peut me l'enlever sans qu'il me soit ravi.

Octavie aurait-elle encore plus de charmes,
Pour fixer son époux elle n'a point mes armes,
Cet art qui rend Vénus plus belle que Pallas,
Ce philtre qu'on soupçonne, et qu'on ne connaît pas.
Oui, oui, délivrons-nous d'une terreur si vaine.
Eloignez-vous de moi, soupçons injurieux :
Je connais trop sur lui la force de mes nœuds
Pour craindre qu'Octavie à les briser parvienne.
Son pouvoir sur son cœur est détruit par le mien :
J'en ai fermé l'entrée à tout autre lien.
Par où, par quels moyens m'attaquer dans son ame?
Que peut-elle opposer? quels sont ses droits sur lui?
Son hymen, son flambeau consumé par l'ennui :
Titres vains, que l'Amour dévore par sa flamme.
  Je suis son choix, elle le choix d'autrui.
Dicté par la contrainte et par la politique,
Pourrait-il prévaloir sur le choix de l'Amour?
Non, non, rassurons-nous, son penchant chaque jour
Par de nouveaux bienfaits en ma faveur s'explique;
  Il a placé vingt sceptres dans mes mains;
Restreint pour m'agrandir les bornes des Romains;
Etendu mon empire au-delà de l'Euphrate.
Les Parthes indomptés, le Dace, le Sarmate,
M'apprêtent des lauriers qu'on s'occupe à cueillir.
César de sa victoire a beau s'enorgueillir,
De l'empire du monde il n'est pas encor maître ;
Antoine plus heureux quelque jour pourra l'être :
Tout change, et ce César de son succès ravi,
Par ma fuite toujours, ne sera pas servi ;
Antoine à l'avenir prendra mieux ses mesures.
Cent rois se sont offerts pour venger nos injures :
Canidius commande à trente légions :
L'aigle combattra l'aigle, et nous l'emporterons.
Maîtres du monde entier, que je vais être vaine !

Antoine m'a promis de m'en nommer la reine.
Vainement les Romains m'opposeraient leurs lois :
La victoire les brave, et n'en connaît aucune.
  Lorsqu'on a pour soi la fortune,
Tout plie, et nul mortel n'ose élever sa voix.
Chantez, Plaisirs, chantez sa gloire et ses exploits.
   (*Le chœur répète en chantant :*)
 Chantons sa gloire et ses exploits.

UNE VOIX SEULE.

 Il a vaincu les plus grands rois.
 Aristobule, Artabase, Antigone,
Contraints par sa valeur à descendre du trône,
Tour-à-tour de son bras ont senti tout le poids.

SECONDE VOIX.

A ces champs fortunés qu'arrose l'Enipée,
De la fière Bellone enlevant l'étendard,
 Il ramena la victoire à César,
Qui semblait s'envoler du côté de Pompée,
 Et partagea son triomphe et son char.

LA PREMIÈRE VOIX.

Philippes de sa gloire éternel monument,
 Triste tombeau de Brutus, de Cassie,
 Vous ferez taire et confondrez l'envie,
Si jamais ses serpens, de leur vain sifflement,
Osaient ternir l'éclat répandu sur sa vie.

SCÈNE II.

LES ACTEURS DE LA SCÈNE PRÉCÉDENTE, ANTOINE SUIVI D'EROS.

ANTOINE.

Où suis-je ? m'abusé-je ? est-ce un songe ? ô surprise !
Tous mes sens à-la-fois sont charmés et séduits !

O ciel ! de quel éclat mes yeux sont éblouis !
Quoi ! Vénus sur un trône, avec l'Amour assise !
Qui m'a pu transporter au milieu de leur cour ?

CLÉOPATRE.

Est-il rien d'impossible à Vénus, à l'Amour ?

ANTOINE.

Qu'entends-je ! quels accens !... Quoi ! c'est vous, Cléopâtre !
Quel peut être l'objet de ce déguisement ?
Sous les traits de Vénus, croyez-vous qu'un amant
Epris de vos appas, en soit plus idolâtre ?

CLÉOPATRE.

C'est sous ces traits qu'aux rives du Cydnus,
Pour la première fois à vos yeux je parus,
  Que je reçus votre premier hommage.
  Ce souvenir est pour moi si flatteur,
  Que je me plais d'en retracer l'image,
  Pour assurer, s'il se peut, davantage
    Mon triomphe sur votre cœur.

ANTOINE.

Hélas ! vous savez trop à quel point je vous aime ;
Que mon amour pour vous ne peut aller plus loin.
Quels garans vous faut-il de cet amour extrême ?
  J'en ai rendu tout l'Univers témoin.
Il m'a fait immoler tout, jusques à ma gloire :
Il m'a fait....

CLÉOPATRE.

    Arrêtez. Voulez-vous m'accabler ?
Effaçons d'Actium l'importune mémoire.
Vous me l'aviez promis, pourquoi la rappeler ?
C'est porter à mon cœur une atteinte trop rude.
Antoine, encor un coup, cessez de m'en parler.
Que les jeux, les plaisirs soient notre unique étude.

Je les ai fait dans ce lieu rassembler :
Consacrons-leur cette journée entière :
Que les soucis n'en troublent point le cours.
    Nymphes , Plaisirs, Grâces, Amours ,
Captivez ce héros de chaînes de Cythère :
    Chantez votre pouvoir sur nous.
    Vous seuls, vous seuls pouvez distraire
Des Destins ennemis le funeste courroux.

(Cléopâtre fait asseoir Antoine sur le trône ,
à côté d'elle.)

UNE NYMPHE CHANTANTE:

    Des amertumes de la vie,
    L'Amour peut seul nous consoler ;
Par ses conseils la Raison nous ennuie ;
    Insensés ! pourquoi l'appeler ?
Sur son secours malheureux qui se fie :
Loin d'apporter le calme aux chagrins qu'on essuie,
    Elle se borne à quereller.
    Des amertumes de la vie,
    L'Amour peut seul nous consoler.

(Le chœur répète les deux derniers vers.)
(On danse.)

UNE AUTRE NYMPHE CHANTANTE:

Chaque jour nous invite à consulter ces glaces :
    Elles nous disent chaque jour :
    Suivez les Jeux, les Ris, les Grâces ,
Abandonnez votre cœur à l'Amour ;
    Profitez de votre jeunesse,
De vos appas encor dans leur printemps.
Nous mettons à profit ces conseils importans ,
    En nous livrant à la tendresse.
    Lorsque ces glaces nous diront :
    L'Amour pour vous de voler cesse ;

Evitez sa rencontre, ou craignez un affront ;
Le Temps, suivi de la Vieillesse,
A déjà de ses doigts sillonné votre front ;
Nous penserons à la sagesse.

AUTRE NYMPHE CHANTANTE.

Notre printemps est semblable à ces roses,
Qui n'ont qu'un jour, qu'un moment à jouir ;
A peine sont-elles écloses
Qu'on les voit s'évanouir.
Puisque Saturne inexorable
Fait nos beaux jours si peu briller,
Ne perdons pas un grain de sable
Qu'il nous destine en son sablier.
Qu'il s'écoule pour la tendresse,
Pour les plaisirs, les ris, les jeux :
Que les soucis, les soins fâcheux,
Soient réservés pour la vieillesse.

AUTRE NYMPHE CHANTANTE.

L'indifférence est le sommeil de l'ame,
Et l'amour en est le réveil.
Un cœur qui ne sent point sa flamme
Est comme un lis privé des rayons du soleil.
Sans la faveur de l'astre salutaire,
Snr sa tige il tombe en langueur :
Reparaît-il, il reprend sa vigueur.
L'amour aux cœurs est nécessaire ;
Nous languissons sans son appui.
L'indifférence est mère de l'ennui :
L'amour des plaisirs est le père.

AUTRE NYMPHE CHANTANTE.

Que sert de résister au pouvoir de l'Amour ?
Nous avons beau nous en défendre,

Ce dieu plus fort que nous nous oblige à nous rendre.
   Puisqu'il faut lui céder un jour,
   Que c'est une folle espérance
   Que de vouloir lui résister;
   A quoi bon braver sa puissance?
Soumettons-nous au joug qu'on ne peut éviter.
   Tous les instans qu'on dérobe à sa gloire,
   Sont des instans perdus pour notre cœur :
     En différant sa victoire,
   Nous différons notre bonheur.

   (L'Amour et les Grâces dansent ensemble, et
    s'enchaînent alternativement avec des guir-
    landes de fleurs.)

    UNE NYMPHE, *après qu'ils ont dansé, chante :*

   Les Grâces enchaînent l'Amour,
   Et l'Amour enchaîne les Grâces.
   L'Amour vaincu se traîne sur leurs traces ;
   L'Amour vainqueur s'en fait suivre à son tour.
   Douce contrainte ! agréable esclavage !
   Dans ce combat quel est le plus heureux?
     Le vaincu, le victorieux,
   Tous sont contens, tous ont part au pillage.

S C È N E   I I I.

L U C I L E, *suivi en entrant sur la scène d'une partie*
de sa troupe guerrière, LES ACTEURS PRÉCÉDENS,
excepté les Amours, les Plaisirs, les Grâces, etc., qui
s'enfuient épouvantés.

    L U C I L E, *à ceux de sa suite.*

Ciel ! que vois-je? Arrêtez. Ne passez pas plus loin.
Retournez : je rougis de vous rendre témoin

Du spectacle accablant qui me frappe la vue.

(La troupe se retire.)

Célébrez-vous ici d'Octave la venue ?
Vos exploits à venir, ou vos exploits passés ?
Non, la gloire à vos cœurs ne parle point assez :
Elle est morte pour vous aux plaines de Philippe.
Jadis de vos travaux elle fut le principe ;
A la suivre par-tout vous mettiez votre orgueil :
Je vois trop qu'en ce jour vous en portez le deuil.
Ces guirlandes de fleurs, dont vous faites trophée,
Déposent qu'en effet vous l'avez étouffée.
Ne rougissez-vous point d'en captiver vos mains ?
Voulez-vous devenir la fable des Romains ?
Rompez ces vils festons dont la vertu murmure.
Un casque, un bouclier, voilà votre parure.

(A Antoine.)

Et vous, qui leur devez l'exemple des vertus,
Puis-je connaître en vous le vainqueur de Brutus ?
Je cherche ce héros si grand par la victoire,
Qui remplit l'Univers de son nom, de sa gloire ;
Je le trouve à Pharsale, il m'échappe en ces lieux.
Voilà ce qu'un soldat expose sous vos yeux.

(Il lui remet un billet.)

ANTOINE *lit.*

« Ventidius commande, et toi, tu te reposes !
» Il cueille les lauriers, tu moissonnes des roses !
» Les Parthes vont bientôt tomber sous ses efforts.
» Au sein des voluptés, que fais-tu ? tu t'endors. »

LUCILE.

Réveillez-vous, sortez d'un sommeil si perfide,
Sybarite honteux ; redevenez Alcide :
Vous en avez besoin, Octave vous poursuit ;
Peluse, ce rempart de l'Egypte, est détruit ;

Suivi de la victoire, il pousse sa fortune :
Sa flotte vogue au gré des vents et de Neptune;
Nul écueil ne l'arrête et n'interrompt son cours ;
On la voit s'avancer du faîte des trois tours.
Voyez ce qu'il faut faire en cette conjoncture.
La combattre? pour nous la victoire est peu sûre;
Nos soldats à regret s'exposent sur les flots.
Ils sont guerriers, Antoine, et non pas matelots.
Neptune les effraie, et Vesta les rassure.
Je ne suis que l'écho, seigneur, de leur murmure.
Ils sont prêts, disent-ils, à verser tout leur sang ,
Pourvu que le combat ait la terre pour champ ;
Mais vouloir les forcer à combattre sur l'onde,
C'est vouloir les mener combattre en l'autre monde.
D'ailleurs, qu'espérez-vous de nos pesans vaisseaux?
La rame avec effort les traîne sur les eaux;
Indociles, leur poids accélère leur perte.
Ceux d'Octave ont pour eux la mer toujours ouverte;
Plus légers, répondant au signal désiré,
La main du nautonier les dirige à son gré.
Dans leur agilité leur force se déploie :
Un moment les éloigne et remet sur la voie.
Mais que sert qu'à vos yeux j'en relève le prix :
L'exemple du passé vous l'a sans doute appris.
L'avantage est pour eux, Neptune les protège.

ANTOINE.

Il faut donc, d'un œil sec, souffrir qu'on nous assiége;
Attendre l'ennemi sans faire aucun effort ;
Ou l'aller recevoir nous-mêmes dans le port.

LUCILE.

Non, ce serait pour nous trop de honte, sans doute.
J'ai de l'honneur, Antoine, et pour vous je l'écoute :
Je suis loin d'avilir un héros à ce point ;
Et vous-même en secret vous ne le pensez point.

ANTOINE.

Où tend donc ce discours ? quel est ton but ? que faire ?
Toute paix est rompue avec mon adversaire ;
Le combat est pour nous une nécessité.
Vois-tu d'autres partis dans cette extrémité ?

LUCILE.

Vous n'en avez qu'un seul.

ANTOINE.

Quel est-il ?

LUCILE.

C'est la fuite.

ANTOINE.

La fuite !

LUCILE.

Je le vois, ce parti vous irrite ;
Mais c'est le seul seigneur qui puisse vous sauver.

ANTOINE.

Périssons, s'il le faut, plutôt que d'aggraver
La tache qu'Actium imprime à ma mémoire.
Tu n'as garde, dis-tu, d'attenter à ma gloire ;
Et c'est toi qui de fuir me donnes le conseil !
Je n'en attendais pas, je l'avoue, un pareil.

LUCILE.

C'est celui de l'armée, et c'est le mien, sans doute.
Le sort pour vous sauver n'ouvre ici qu'une route.
Le combat : le succès en est plus que douteux.
Je vous en offre mille en sortant de ces lieux.
Pourquoi mettre, seigneur, sans motif nécessaire,
Au risque d'un combat, le destin de la terre ?
Où vous hasardez tout, votre rival si peu,
Antoine, croyez-moi, c'est jouer trop gros jeu.

La victoire perdue, où sera votre asile ?
Croyez-vous la retraite ou la fuite facile ?
Non, ce lieu qui plaît tant à vos sens trop charmés,
Est pour vous un sépulcre, où vous vous renfermez.
Ici tout vous est contre, ailleurs tout est prospère.
Vous êtes de vos maux l'instrument volontaire.
Pourquoi nous confiner dans cet obscur séjour ?
Canidius prolonge encore son retour ;
Ventidius du Parthe achève la conquête.
Dénué de secours, qu'est-ce qui vous arrête ?
Faut-il en téméraire accepter le combat ?
La prudence est d'un chef, l'audace d'un soldat.
Qui diffère obtient tout, qui précipite échoue.
Fabius de l'espoir de Carthage se joue
Par sa lenteur, funeste aux succès d'Annibal.
L'orgueil creusa ce lac aux Romains si fatal
Où se précipita Flaminius lui-même.
Le courage consiste, en un péril extrême,
A redoubler d'efforts pour le fuir, l'éviter.
C'est désespoir, fureur que de nous y jeter.
Nous sommes sur les bords d'une autre Trasimène :
Imitons Fabius ; sauvons l'aigle romaine.
Pourquoi sacrifier vos dix mille guerriers ?
Pharsale, champ pour vous si fertile en lauriers,
Vous offre ses sillons encore pour combattre.
Une seconde fois faites-en le théâtre
De la gloire promise à de nouveaux exploits.
L'Orient est pour vous ; l'Espagne, les Gaulois,
Tous n'attendent qu'un mot pour voler à votre aide.
Ne faites point languir l'ardeur qui les possède.
Marchons, forçons le sort à se tourner vers nous.
De vous-même, seigneur, n'êtes-vous point jaloux ?
De vos premiers exploits rappelez la mémoire ;
Opposez Marc-Antoine à celui que la gloire

De palmes, de lauriers entoura tant de fois.
O Ciel ! je vois en vous deux hommes à-la-fois ;
L'un intrépide et fier, que rien n'émeut, n'alarme,
Peut-il être celui qu'une femme désarme ?
Antoine, d'un Romain ayez la fermeté ;
Soyez tel aujourd'hui que vous avez été.1
Eh quoi ! vous de César le compagnon, l'émule ;
Vous, issu d'un Athon, de la race d'Hercule ;
Oubliez-vous sitôt leur gloire, leurs travaux ?
Venez; quittez Omphale, et brisez vos fuseaux.

CLÉOPATRE.

On reconnaît assez Lucile à ce langage.
A des égards, du moins, la déférence engage :
Il devrait ménager ses termes devant moi.

LUCILE.

Je songe à son péril : c'est ma première loi.
Au moment de périr et de faire naufrage,
Le pilote s'applique à conjurer l'orage.
Dans le calme l'on peut avoir d'autres soucis.

CLÉOPATRE.

En tous les temps, le rang où nous sommes assis
Exige qu'on s'observe et que l'on nous respecte.

LUCILE.

Je le vois trop, le mot que j'ai dit vous affecte;
Je ne m'en dédis point, puisque je l'ai lâché.
Quand l'Amour s'oublia dans les bras de Psyché,
Vénus même, Vénus lui déclara la guerre.
L'Amour est un fléau, sans doute, pour la terre,
Lorsqu'il abuse trop de son pouvoir sur nous.
Actium montre assez ce qu'il a pu sur vous.

CLÉOPATRE.

Insulte sur insulte, outrage sur outrage.

LUCILE.

Je ne sais point farder, madame, mon langage.

Je lui parle en soldat jaloux de son honneur.
Je suis ami d'Antoine, et non pas son flatteur.

CLÉOPATRE.

L'amitié la plus douce est souvent la plus vraie ;
Elle calme nos maux ; vous déchirez la plaie.

LUCILE.

Rebelle à d'autres soins, on y porte le fer.
Je découvre à ses yeux le précipice ouvert ;
Je fais ce que je puis pour qu'il s'en garantisse.
Dans l'état où du sort l'a plongé la malice,
Je tâche à relever son courage abattu.
Je suis Romain, madame, et j'ai de la vertu.
Il me connaît, il sait que j'en ai fait la preuve ;
Que Brutus avant lui l'avait mise à l'épreuve ;
Que s'il fallait mon sang pour la justifier
Je n'hésiterais point à le sacrifier.
Et tel voile à ses yeux le péril qui le presse,
D'une amorce perfide entretient sa faiblesse,
Qui, dans ce même jour, revolté contre lui,
Peut-être de César ira briguer l'appui.

ANTOINE.

Mais, encore une fois, que veux-tu que l'on fasse ?
Si près de voir Octave assiéger cette place,
Dois-je laisser la reine en otage en ces lieux ?
Non, dût fondre sur moi la colère des Dieux,
De cette indignité je suis trop incapable.
Mourons, s'il faut mourir, sans m'en rendre coupable.

LUCILE.

On a déja prévu tout ce qu'il faut prévoir,
La reine a su, seigneur, d'avance se pourvoir ;
Ses vaisseaux transportés aux bornes de l'Afrique,
Doivent la recevoir sur le golfe arabique ;

La transporter plus loin que ces fameux déserts
Où d'un crêpe Cérès voit ses autels couverts :
Dans ces riches climats, dans ces plaines fécondes
Que l'Océan embrasse et presse de ses ondes ;
C'est-là qu'avec sa suite elle doit s'exiler.

CLÉOPATRE.

Ce projet est rompu, pourquoi le rappeler ?

LUCILE.

Je l'ignorais, j'ai cru que vous l'aviez encore.

CLÉOPATRE.

Pouvez-vous l'ignorer, personne ne l'ignore.
Votre but, je le vois, est de nous séparer.
Lui-même, dans l'instant, vient de vous déclarer
Que le Ciel en courroux ne pourrait l'y résoudre.
Pourrez-vous plus sur lui que les Dieux et leur foudre?
Pourquoi donc persister dans un projet si vain ?
Vous avez contre vous son cœur et le destin.

SCÈNE IV.

DIOMÈDE ET LES ACTEURS PRÉCÉDENS.

DIOMÈDE.

Nous sommes menacés par la flotte d'Octave :
C'est peu de menacer, elle insulte et nous brave.
A l'aspect du péril, le plus hardi frémit;
Vieillards, femmes, enfans, tout pleure, tout gémit.
Dans ce commun effroi, chacun cherche un asile.
Sozius tâche en vain de rassurer la ville ;
On ne l'écoute pas. Une morne stupeur
S'emparant du soldat, enchaîne sa valeur.
La seule légion que Lucile commande,
Ferme et dans le devoir, à grands cris le demande.

De cette indignité, que mon ame redoute,
Le fer ou le poison m'affranchira sans doute.
Si c'est-là le plaisir dont ton cœur se repaît,
Je rendrai ton triomphe en ce point imparfait;
Mon cœur te le dénie, il me sera fidèle.
Mes aïeux m'ont laissé leur fierté pour modèle;
Lorsqu'il en sera temps, ils la verront agir :
Leurs mânes n'auront point de leur fille à rougir.

CHARMION.

Pourquoi vous figurer un malheur illusoire?
Antoine vous promet une pleine victoire.
Vous l'annoncerait-il sans en être certain?
Vous ignorez encor les arrêts du destin;
Faut-il vous tourmenter avant qu'il les prononce?

CLÉOPATRE.

Je ne prévois que trop les malheurs qu'il m'annonce :
Mon cœur est messager, il ne me trompe pas.
Octave nous oppose au moins cent mille bras :
Crois-tu qu'avec ce peu de force qui nous reste,
A moins que d'un secours inespéré, céleste,
Nous puissions résister à ces flots d'ennemis?
Antoine, me dis-tu, s'en flatte et l'a promis.
D'un si frivole espoir je ne prends point le change.
Du côté des heureux la fortune se range.
Il flattait ma douleur en s'exprimant ainsi :
Il voulait de mon sort m'enlever le souci;
Et cet espoir trop vain, que tu veux que j'écoute,
Antoine dans son cœur ne l'avait pas sans doute.
Il combât en ce jour moins pour lui que pour moi.
Lucile lui donnait des preuves de sa foi
Lorsqu'il lui conseillait de quitter Cléopâtre,
De transporter son camp sur un autre théâtre,
D'éviter un combat pour lui si périlleux.
J'ai préparé le gouffre où nous tombons tous deux;

ACTE II.

SCÈNE PREMIÈRE.
CLÉOPATRE, seule.

CHARMION ne vient point : que ce retard m'étonne !
Mon palais est désert, tout me fuit, m'abandonne;
Iras, la seule Iras me reste en mon malheur.
Rien ne luit à mes yeux qui flatte ma douleur.
Tout ce que j'envisage est horrible et m'effraie.
O Ciel ! sur quel roseau faut-il que je m'étaie ?
Chaque instant qui s'écoule est un long jour pour moi.
Semblable au criminel tremblant, glacé d'effroi,
Qui doit bientôt subir l'arrêt qu'on lui prépare,
J'attends en frémissant que mon sort se déclare.
Par Lucile déjà mon cœur en est instruit.
Sa voix incessamment me trouble, me poursuit :
Contre elle je ne puis trouver aucun réfuge.
Je l'ai bravée, eh bien ! tout change : elle me juge.
J'ai voulu, me dit-elle, arracher mon ami
De ce sommeil perfide où tu l'as endormi;
Lui faire envisager l'abyme où tu l'entraînes.
Tremble, tu l'as voulu retenir dans tes chaînes.
Quel fruit de ton pouvoir penses-tu recueillir ?
Dans le même tombeau tu cours t'ensevelir.
Malheureuse ! on te vient inviter de t'y rendre.

SCÈNE II.
CLÉOPATRE, CHARMION.
CLÉOPATRE.

Hé bien ! quel est mon sort? Crains-tu de me l'apprendre ?
Tu sais trop que mon cœur à tout est préparé.
CHARMION.
Le succès du combat, madame, est assuré;

3

Les Destins sont pour nous ; à nos vœux tout succède.

CLÉOPATRE.

O Dieux ! se pourrait-il ?

CHARMION.

Croyez-en Diomède.
Envoyé par Antoine, il me suit : le voici.

CLÉOPATRE.

Mon cœur de son destin sera donc éclairci.

SCÈNE III.

CLEOPATRE, CHARMION, DIOMÈDE.

CLÉOPATRE.

Croirai-je le bonheur, dont on flatte mon ame ?
Est-il vrai ; la victoire......

DIOMÈDE.

Elle est à nous, madame.
Pour l'obtenir, les Dieux a nous se sont unis.
Lucile est l'instrument dont ils se sont servis
Pour l'arracher des mains de l'armée ennemie.

CLÉOPATRE.

C'est à lui que je dois ma couronne et ma vie !
J'eusse perdu sans lui l'une et l'autre à-la-fois.
O Vertu ! la Vengeance est soumise à tes lois.
Tout te cède ; il n'est rien qui ne te soit facile.
Quel triomphe ! quel jour glorieux pour Lucile !
Cependant, satisfais mon désir curieux ;
Témoin de ce combat, remets-le sous mes yeux.
Ne tiens pas plus long-temps mon ame suspendue.
Ton récit ne saurait avoir trop d'étendue.
De ce qu'ont vu tes yeux, rien ne doit m'être tu.

DIOMÈDE.

Ce n'est point un combat de mortels que j'ai vu ;

C'est plutôt le combat des fières Euménides ,
Se baignant dans le sang , et de meurtres avides.
Les cruels ! ils avaient pour armes des flambeaux.
Je les ai vus, madame, embraser nos vaisseaux ;
Sanglans et tout couverts de cendre , de fumée ,
Passer , échevelés dans la ville alarmée ;
Moins guerriers qu'assassins de carnage affamés ,
Immoler, sans pitié, nos vieillards désarmés ;
Et sans distinction de sexe , ni de l'âge ,
Porter la barbarie à son comble , à la rage.
Un lâche, ne suivant qu'un aveugle transport ,
Insulter sa victime en lui donnant la mort.
Par une atrocité sans exemple , inouie ,
Lui couper par degrés les liens de la vie :
Lui faire savourer la mort avec lenteur.
En vain l'humanité parlait en sa faveur ;
L'invitait par ces mots à prendre sa défense :
«Vois dans ce malheureux qui tombe en ta puissance ,
»Un être infortuné qui demande un appui.
»Sois homme en l'immolant, respecte-toi dans lui ;
»Songe que le destin peut un jour te réduire
»A réclamer pour toi la pitié qu'il inspire. »
Vain murmure ; il est sourd et rebelle à sa voix.
Sans doute il est des cœurs endurcis à ses lois.
Je m'en suis convaincu. Le croirez-vous , madame ,
J'ai vu ce qu'on n'a vu jamais de plus infâme ,
Des ennemis vaincus les féroces vainqueurs ,
Dans leurs flancs entr'ouverts aller chercher les cœurs ,
Par une atrocité que l'enfer désavoue ,
Sanglans et déchirés leur en battre la joue ;
De ces restes affreux, encore palpitans ,
Dévorer, engloutir les lambeaux dégouttans.
Ces monstres cependant, le croirez-vous , ô reine !
Avaient, ainsi que nous, une figure humaine :

Rome les a vu naître ; et ce peuple si fier,
Qui se donne en exemple à l'univers entier,
Qu'on peint si formidable aux abus comme aux crimes,
Elève ses enfans dans ces lâches maximes.
Cependant, rassemblant ses guerriers dispersés,
Se mettant à leur tête aussitôt amassés ,
Antoine les amène au pied de l'Hippodrome,
Dont s'étaient emparés ces vils enfans de Rome.
Dépeindrai-je à vos yeux les exploits inouis
Dont Antoine , assisté de ses braves amis,
A signalé son bras pour reprendre la place ?
Taurus, dont l'impudence est égale à l'audace,
La ceignait tout autour d'un cercle de soldats.
Marc-Antoine, animé sans doute par Pallas ,
Inspirant à chacun sa vaillance guerrière :
« Qu'attendons-nous ? dit-il , forçons cette barrière :
» Un si faible rempart peut-il vous étonner ?
» Ces brigands ne sont forts que pour assassiner.
» Vous n'avez devant vous que l'écume de Rome.
» Vengeons, il en est temps, vengeons les droits de l'homme :
» Faisons-en dans ce jour un exemple éclatant. »
Il dit ; et sur Taurus se jetant à l'instant,
Il force ce guerrier à se mettre en défense.
Que ne peut la valeur jointe à l'expérience ?
Taurus était instruit dès l'enfance aux combats ;
Son calme, qui cent fois le sauva du trépas ,
L'éclairant tout-à-coup sur ce qu'il fallait faire ,
Le défend quelque temps contre son adversaire ;
Lui fait parer les coups que son bras lui portait.
Marc-Antoine , que tant de bravoure irritait,
Ramassant dans son cœur sa force tout entière,
Le frappe et le contraint à mordre la poussière.
Avec non moins d'audace et la même valeur ,
Nos guerriers, tout couverts de sang et de sueur,

Jaloux de se frayer dans le fort un passage,
Fesaient des ennemis un horrible carnage ;
Envoyaient aux enfers accompagner Taurus,
Ces lâches, par sa mort presque à demi vaincus.
En vain les assiégés du haut de la terrasse,
Dans l'espoir décevant de retenir la place,
A nous nuire assidus, sans se lasser jamais,
Fesaient tomber sur nous une grêle de traits,
De tisons enflammés, de bitume, de soufre.
Que ne peut le courage ? il n'est rien qu'il ne souffre.
Cet enfer suspendu, ces flèches, ces brasiers,
Bien loin de ralentir l'ardeur de nos guerriers,
Semblaient multiplier au contraire leurs forces.
Plus la victoire coûte et plus elle a d'amorces ;
Plus nous fesons d'efforts pour en venir à bout.
Parvenus à chasser l'ennemi de par-tout,
Nous nous ouvrons enfin dans le fort une route.
Agrippa, de César trop digne chef, sans doute,
Au moment de couvrir nos têtes de lauriers,
Oppose son armée à nos braves guerriers.
Que faire ? que résoudre en cette conjoncture ?
Il fallait accepter le combat sans murmure :
Il était trop honteux pour nous de reculer.
Il valait mieux se voir par le nombre accabler
Qu'imprimer sur nos fronts une tache aussi noire ;
Nous emportions, du moins, au tombeau notre gloire.
Nous n'hésitâmes point. De fatigue harassés,
Nous voyant chaque instant de plus en plus pressés,
Combattus à-la-fois par le fer et la flamme.
Chacun désespérait, sans doute, dans son ame,
De se tirer jamais d'un pas si hasardeux.
C'en était trop pour nous de triompher des feux
Qu'on nous lançait du fort sans cesse avec furie,
Et d'une armée aussi nombreuse qu'aguerrie,

Conduite par des chefs non moins vaillans qu'instruits.
Dans l'état de détresse où nous étions réduits,
Nous devions renoncer, sans doute, à la victoire.
Moins jaloux du succès encor que de la gloire,
C'était assez pour nous que de la retarder,
D'ensanglanter la palme avant de la céder.
Nous, battant en retraite, en leur tournant la face,
Nous combattions toujours avec la même audace,
Résolus de mourir les armes à la main.
Agrippa, tout-à-coup, nous barrant le chemin,
Nous enferme au milieu de son armée entière.
Ciel ! comment renverser cette affreuse barrière ?
Tout espoir de salut était perdu pour tous.
Nous nous trompions, un dieu veillait encor pour nous,
Travaillant en secret à notre délivrance,
Nous amène Lucile armé de la vengeance :
Ou plutôt sous ses traits venait nous assister.
Et quel autre qu'un Dieu pouvait exécuter
Des travaux si distans de l'humaine étendue ?
« La victoire pour vous n'est point encor perdue ; »
S'écria le héros, d'abord en arrivant ;
» Rassurez-vous, Lucile est encore vivant.
» Guidé par l'amitié tout lui sera possible. »
A ces mots, secondé par sa troupe invincible,
Sur l'armée ennemie il tombe avec fureur.
O ciel ! en un moment quel théâtre d'horreur !
Sous leurs coups redoublés tout succombe, tout plie ;
Ce n'est plus un combat, c'est une boucherie :
Le sang de tous côtés ruisselait à grands flots.
Ardent à le verser, l'impitoyable héros
S'y baignait, emporté par sa valeur extrême.
On croyait voir Achille, ou plutôt Mars lui-même,
Porter par-tout la mort, l'épouvante, l'effroi.
On prétend qu'il disait quelquefois à part soi :

« Oui, je la convaincrai cette superbe reine !
» Elle rendra justice à l'amour qui m'entraîne.
» Moi, feindre pour Antoine une fausse amitié !
» Ce sentiment sera bientôt justifié. »
Qu'à ces mots, de ses yeux on vit tomber des larmes !
Qu'alors plus furieux, plus avide d'alarmes,
Agité d'un transport qu'on ne concevait pas,
Au fort des ennemis précipitant ses pas,
Il s'écriait encor : « A-t-il cessé de vivre ?
» Antoine, où donc es-tu, que mon bras te délivre ?
» Ciel ! aurais-je perdu le fruit de mes exploits ! »
« Non, lui répond Antoine, en élevant la voix,
» Je suis encor vivant ; ta victoire est complète :
» Rassure-toi, celui dont le sort t'inquiète,
» Grace à tes soins, bientôt va paraître à tes yeux. »
Lucile à ces accens, pour lui si gracieux,
Hors de lui, transporté d'une joie éclatante,
Achève d'extirper la barrière impuissante
Qu'un reste d'ennemis opposait à leurs vœux.
Amitié, j'ai connu la force de tes nœuds ;
Ton délire, l'ivresse où tu plonges nos ames.
Au moment que Lucile embrasé de tes flammes,
Aperçut son ami les bras tendus, ouverts :
Il s'y jette, et leurs yeux de larmes sont couverts.
Long-temps muets, enfin Antoine dit à l'autre :
« Quel triomphe pour toi ! »—« Mon triomphe est le vôtre, »
Lui répliqua Lucile, en lui pressant le cœur ;
» L'amitié l'inspira, qu'elle en ait tout l'honneur.
» Je lui dois ce laurier encor plus qu'à la gloire.
» C'est trop peu : réunis, achevons sa victoire :
» Attaquons l'ennemi dans son retranchement. »
Aperçu par Antoine en ce même moment :
« Cours, vole, m'a-t-il dit, va rassurer la reine,
» Du succès du combat elle doit être en peine ;

» Rends-lui compte de tout ». Je me hâte, je cours ;
Je prends pour arriver les chemins les plus courts,
Et m'acquitte envers vous de son ordre, madame.

CLÉOPATRE.

Aux transports les plus doux puis-je livrer mon ame ?
Est-il vrai ? mon bonheur est-il bien affermi ?
Et j'osais insulter ce vertueux ami !
Avec quelle fierté de courage il se venge !
Nous étions tous perdus, il paraît, et tout change.
Les destins sont pour nous, tout succède à nos vœux.
Il était soutenu, sans doute, par les Dieux.
Tu l'as bien observé, c'était un Dieu lui-même.
Comment récompenser cette valeur extrême (1) ?
Sans doute ma puissance est au-dessous du prix.
Je sais que ce guerrier, d'un noble orgueil épris,
N'avait d'autre désir que de se satisfaire ;
Qu'à sauver Marc-Antoine il mettait son salaire ;
Que tout autre à ses yeux est indigne de lui,
Outrage l'amitié, qui répand aujourd'hui
Un jour si lumineux, si brillant sur sa vie.
Et c'est à mes regards ce qui plus m'humilie
De ne pouvoir jamais envers lui m'acquitter.
Que dis-je ? de ce soin dois-je m'inquiéter,
Sans savoir si sa main en effet nous délivre ?
Peut-être Marc-Antoine a-t-il cessé de vivre.
J'ai trop tôt embrassé l'espoir qu'on m'a donné,
La victoire, sans doute, ici l'eût amené,
Si le succès avait couronné son attente :
Antoine aurait déjà rassuré son amante.

---

(1) Elle commande tout bas à Charmion de faire apporter une
armure complète en or, qu'elle lui désigne, qu'un instant après
deux gardes posent sur un fauteuil, dans une coulisse, à la vue des
spectateurs.

Ce retard me fait trop envisager son sort ;
Qui peut l'avoir produit ? que sa chute ou sa mort.

CHARMION.

Le ciel sera pour vous, sans doute, plus traitable.
Son récit nous annonce un succès favorable :
Vous en avez ses yeux, madame, pour témoins.
La victoire après elle entraîne tant de soins :
C'est peu de l'emporter, il faut qu'on se l'assure ;
La rendre aux ennemis si sanglante, si dure,
Qu'ils ne soient plus tentés de troubler nos destins.
Prévenir, s'il se peut....

CLÉOPATRE.

             Eh c'est ce que je crains.
Je tremble qu'Agrippa, honteux de sa défaite,
Ralliant ses soldats, même dans leur retraite,
Une seconde fois n'attaque nos guerriers,
Triomphant, de leurs fronts n'arrache leurs lauriers ;
Qu'Octave (pour Antoine on connaît son envie,
Sa haine, fomentée encor par Octavie),
Excitant contre lui ses soldats furieux...

SCÈNE IV.

ANTOINE, CLÉOPATRE, CHARMION, LUCILE,
DIOMÈDE.

ANTOINE.

Rassurez-vous, madame, il est victorieux;
Octave désormais pour nous n'est point à craindre;
A fuir loin de ces lieux nous l'avons su contraindre.
Vous voyez le héros qui nous sauve aujourd'hui.
Il le faut avouer, j'étais vaincu sans lui.
Nous lui devons l'honneur, la liberté, la vie;
Ma bouche avec transport devant vous le publie;

Et cet aveu n'est point démenti par mon cœur.

CLÉOPATRE.

Loin de m'humilier, il me charme, Seigneur.
J'aime à voir un ami rendre justice à l'autre,
Et sans peine je joins ma louange à la vôtre.
Avant que la victoire ici l'eût amené,
Ils en sont les témoins, je l'avais couronné :
J'accusais le destin envers moi d'injustice,
D'avoir mis ma fortune au-dessous du service,
Hors d'état de jamais reconnaître ses soins.
J'espère toutefois qu'il daignera du moins,
Non pour lui mais pour moi recevoir cette armure,
Comme un gage, un garant de l'oubli de l'injure...

LUCILE.

(Il montre son épée ensanglantée.)

L'injure ! elle est lavée, et ce fer en fait foi.
En sauvant mon ami j'ai travaillé pour moi :
Je n'en exige pas une autre récompense.
J'accepte cependant votre reconnaissance :
C'est un poids dont je veux alléger votre cœur.
Ce jour peut enlever la victoire au vainqueur ;
J'ignore le destin que le ciel nous réserve :
Mais, soit que sa faveur nous délaisse ou nous serve,
J'ose ici le promettre et le certifier,
Ces armes qu'en mes mains vous daignez confier,
Ne me quitteront point que de mon sang couvertes.
L'ennemi peut songer à réparer ses pertes.
Je connais Agrippa, né fier et valeureux,
Indigné du succès qui couronne nos vœux,
Il voudra relever Octave de sa chute.
Que sais-je ? en ce moment peut-être il s'exécute,
Rassemblant ses soldats fuyant de toutes parts.
J'y cours. Je vais, seigneur, joindre nos étendards ;

Disposer nos guerriers en état de défense.
Notre salut dépend de notre surveillance.
Je vous quitte : je vais veiller sur vos destins.

ANTOINE,

Je ne puis les laisser en de meilleures mains.
Va, si les ennemis tentaient de nous surprendre,
Diomède aura soin de venir me l'apprendre.

SCÈNE V.

ANTOINE, CLÉOPATRE, CHARMION, *un peu à
l'écart.*

CLÉOPATRE.

Ciel ! nous pourrions encor craindre les ennemis !
Je croyais nos destins tout-à-fait affermis ;
Vous m'en aviez donné vous-même l'assurance.

ANTOINE.

L'amitié dans un cœur nourrit la défiance.
Lucile voit pour moi l'avenir tout en noir ;
Au sein de la victoire il repousse l'espoir ;
Son esprit inquiet d'ennemis s'environne.
Croyez-moi, dissipez la terreur qu'il vous donne.
Pourquoi dans l'avenir d'avance se jeter ?
Jouissons du présent, sans nous inquiéter
Si l'avenir sera contraire ou favorable.
Nul n'en peut pénétrer le voile impénétrable.
Lucile n'en est pas, sans doute, plus instruit :
Il erre enveloppé comme nous dans la nuit.
D'un ennemi vaincu Lucile nous menace ;
Sans force, il lui suppose encore de l'audace ;
Dispersé, contre nous le rassemble soudain.
Lucile l'a-t-il vu les armes à la main ?

Faut-il s'en alarmer, parce qu'il le présume ?
De son sang répandu la terre encore fume.
La plupart, de leur vie ont vu trancher le fil ;
Les autres, poursuivis jusqu'au de-là du Nil,
Ont laissé dans nos mains une pleine victoire.
Jouissons de son fruit, si vous voulez m'en croire.
L'alégresse a suivi de tout temps les vainqueurs.
Laissons aux ennemis la tristesse et les pleurs
Le peuple en ce moment s'abandonne à la joie.
Qu'un si doux sentiment sur nos fronts se déploie.
Ce jour est le plus beau peut-être de nos jours ;
Par de vaines terreurs n'en troublons point le cours.
Commencé par des jeux, qu'il finisse de même.

CLÉOPATRE.

Seigneur, vous pouvez tout sur un cœur qui vous aime ;
Vous rassurez ce cœur par Lucile alarmé :
A l'espoir pour toujours je le croyais fermé.
Vous parlez ; et soudain votre voix l'y ramène.
Je croyais en vos mains la victoire incertaine ;
Que ces lauriers par vous peu de temps conservés,
Par l'ennemi bientôt pouvaient être enlevés.
Vous m'assurez, seigneur, du contraire : je cède.
Quoi ! César contre nous se trouverait sans aide !
Son armée en désordre et réduite à moitié,
Inspirant la terreur bien moins que la pitié,
Nous laisserait jouir d'un destin plus tranquille !
La fortune, à nos vœux si long-temps indocile,
Se lasserait enfin de nous contrarier !
La gloire désormais nous ouvrant son sentier,
Soutenus par cent rois, dont le bras nous seconde,
Nous pourrions aspirer à l'empire du monde,
Qu'un orgueilleux rival prétend nous disputer.
Vous le voyez, mon cœur se plaît à se flatter.

Je me livre à l'espoir que vous m'avez fait luire.
Déjà de l'univers je me donne l'empire,
Sans penser que je suis incertaine du mien ;
Que peut-être César s'assure du moyen
De venir m'assiéger jusqu'en ce palais même.
Ciel ! je serais réduite à cette honte extrême !
Les Dieux à cet excès pourraient m'humilier !
Ce bonheur, qu'à mes yeux vous avez fait briller
Ne serait qu'un fantôme, une ombre fugitive !
Je n'en aurais joui que dans la perspective !
Lucile, mieux que nous lisant dans l'avenir........
Je frémis ; j'apperçois Diomède venir.
C'en est fait ; de mon sort je vais être informée.

SCÈNE VI.

ANTOINE, CLÉOPATRE, DIOMÈDE, CHARMION.

CLÉOPATRE.

Prononce, mets le comble à mon ame alarmée.
Octave....

DIOMÈDE.

Il est trop vrai, madame, il nous poursuit.
A la faveur d'un traître en nos murs introduit,
Déjà des quatre tours il s'est rendu le maître.
Aussitôt qu'en ce lieu nous l'avons vu paraître,
J'ai cru devoir, seigneur, vous en donner avis.
Lucile cependant fait tête aux ennemis ;
Un de leurs chefs, par lui couché sur la poussière,
Expire en ce moment sous sa main meurtrière ;
Mais je crains qu'à la fin, par le nombre accablé,
Lui-même......

ANTOINE.

Je frémis.

DIOMÈDE.

Ne succombe immolé.

ANTOINE.

Son zèle à me servir lui coûterait la vie.
La mienne sans son bras m'aurait été ravie.
Rendons-lui, s'il se peut, ce que je tiens de lui.
Sa perte sur mes jours répandrait trop d'ennui.
Volons à son secours. Qu'on me donne mes armes !
Je ne condamne point, madame, vos alarmes ;
Vous en avez sujet, je ne puis le nier.
Ce jour sera pour nous, peut-être, le dernier :
Peut-être cet instant pour jamais nous sépare.
Mais, quel que soit le sort que le ciel nous prépare,
Dût sur nous sa colère épuiser tous ses traits,
Ce sort sur mon amour ne prévaudra jamais ;
Immortel dans mon cœur, je lui serai fidèle.
Je vous laisse. Lucile à son secours m'appelle :
Retarder plus long-temps ce serait le trahir.

SCENE VII.

CLÉOPATRE, CHARMION.

CLÉOPATRE.

Quoi ! c'est-là ce destin dont je devais jouir,
Dont Antoine à mes yeux offrait la perspective !
Diomède paraît, le renverse et m'en prive.
De quoi nous a servi ce succès si vanté,
Ce triomphe aujourd'hui sur César remporté ?
Qu'à prolonger ma peine et la rendre plus rude.
Les Dieux de me jouer se sont fait une étude.
Leurs faveurs sont souvent l'annonce d'un revers.
Ils montrent l'Elysée et mènent aux Enfers.
D'un abyme échappée, en un autre je tombe.
Où me conduira t-il ? sans doute dans la tombe.
Oui, c'est-là, je le vois, qu'il me faut aboutir :
Tout m'y traîne ; nul bras ne peut m'en garantir.

Trop faibles pour lutter contre ma destinée,
A son torrent par tous je suis abandonnée.
Hé bien ! sans murmurer suivons son triste cours.
Si jeune, à peine encore à la fleur de tes jours !
Quoi ! c'est-là ton destin, superbe Cléopatre !
Antoine vainement tâche de le combattre.
De ses faibles efforts lui-même est convaincu ;
Avant l'événement il s'estime vaincu.

CHARMION.

Pourquoi renoncez-vous sitôt à l'espérance ?
Le sort n'a point encor prononcé sa sentence.
Nous ignorons encor ce que veulent les Dieux.
Souvent ce qui paraît impossible à nos yeux,
Contre toute apparence, arrive et s'exécute.
Vous redoutez d'avoir tant d'ennemis en butte :
Le parti le plus fort n'est pas toujours vainqueur.
La victoire est souvent le prix de la valeur.
Tantôt désespérant du succès de nos armes,
Vous nourrissiez au cœur de pareilles alarmes.
Cependant à nos vœux le ciel a répondu.
A nous favoriser peut-être qu'assidu
Il rendra notre armée encore triomphante.
La valeur de Lucile inquiète, agissante,
Voudra se signaler par de nouveaux exploits.
Jaloux de conserver de sa gloire le poids,
On le verra franchir, surmonter tout obstacle.
Aux regards d'un héros il n'est point de miracle :
Tout ce qu'il entreprend son bras en vient à bout.

CLÉOPATRE.

Oui, sans doute, Lucile est capable de tout ;
Mais, quoiqu'au premier rang des guerriers qu'on renomme,
Il ne peut opposer que la valeur d'un homme ;

Et nous aurions besoin de la force d'un Dieu.
Diomède déjà de retour en ce lieu!
Il n'en faut plus douter, c'est la mort qu'il m'apport.

SCÈNE VIII.

CLÉOPATRE, CHARMION, DIOMÈDE.

DIOMÈDE.

Madame, ç'en est fait, toute espérance est morte.

CLÉOPATRE.

Quoi! les Dieux sans retour nous ont abandonnés?

DIOMÈDE.

Du côté de César ils se sont tous tournés :
La victoire le suit à son char enchaînée.
Antoine lutte en vain contre sa destinée;
Dans l'état de détresse où le ciel l'a réduit,
Il ne peut éviter le sort qui le poursuit.
Trahi de tous côtés, ceux qui, pour sa querelle,
Ardens à l'embrasser, témoignaient tant de zèle;
Qui, dans ce même jour, partageaient ses travaux,
Au camp des ennemis transportant nos drapeaux,
Par une lâcheté que l'on ne peut comprendre,
A son heureux rival se sont tous allés vendre;
Ont tourné contre nous, transfuges odieux,
Ce fer, ce même fer qu'ils dirigeaient contre eux.

CLÉOPATRE.

Et Lucile ?

DIOMÈDE.

Lucile est son dieu tutélaire.
Trop avant enfoncé dans le parti contraire,
Antoine, en arrivant, l'a d'abord dégagé :
«Ce n'est point vainement que l'on m'en a chargé :

»J'ai fait honneur, dit-il, au présent de la reine » !
Indiquant sa cuirasse au héros, toute pleine
Du sang des ennemis qu'il venait de verser.
A ces mots, se voyant l'un et l'autre presser
Par l'ennemi, jaloux de poursuivre sa proie,
Appuyés d'un renfort qu'un des chefs leur envoie,
Sur ces audacieux tout-à-coup sont fondus :
Mille coups à-la-fois sont portés et rendus.
La haine, la fureur, le désespoir, la rage,
Des plus intimidés ranimant le courage,
On ne voit que des morts sur la terre couchés.
Lucile, les regards sur Antoine attachés,
Semblait n'être occupé que du héros qu'il aime;
Ardent à le défendre, il s'oubliait lui-même,
Ne voyait que lui seul, n'existait que pour lui.
Se prêtant l'un à l'autre un mutuel appui,
A les voir toujours prompts se donner assistance,
On eût dit qu'ils avaient fait change d'existence;
Qu'ils vivaient moins dans eux que dans l'objet aimé.
Malheur à l'imprudent contre l'un d'eux armé !
L'autre d'un coup mortel prévenant son envie,
Dans ses flancs déchirés allait chercher sa vie.
Cependant l'ennemi pressé de toutes parts,
La victoire semblait sourire à nos regards;
Nous en avions déjà l'espérance certaine.
Une voix dans les airs, par ces mots la rend vaine :
«Pourquoi ce sang versé qui nous inonde tous?
»Quel est votre empereur ? pour qui combattez-vous ?
»Pour Antoine. Insensés ! Non, c'est pour une femme ».
Pardonnez, je ne suis que son écho, madame :
De mon respect pour vous vous avez des garans.
Nos soldats, à ces mots, se troublent dans leurs rangs:
Consternés, leur valeur s'éteint inanimée.
La discorde jetant son flambeau sur l'armée,

4

Le feu de la révolte embrase les esprits;
Les chefs sont divisés, les soldats sont aigris:
Ne reconnaissant plus la main qui les dirige,
Semblent comme frappés d'un esprit de vertige.
On se partage, mus par divers intérêts.
Les soldats de César, s'approchant de plus près,
Achevant de bannir tout esprit de concorde,
Par leurs propos piquans fomentent la discorde.
Effarés, éperdus, fuyant de tous côtés.....
«Quel est votre dessein? Malheureux! arrêtez.
»Vous voulez fuir Antoine? Avant de l'entreprendre,
»Exterminez, cruels, son ami le plus tendre.
(C'est Lucile qui parle, en découvrant son sein.)
»Vous n'avez pour passer, ingrats, que ce chemin.
»Comblés de ses bienfaits, vous en auriez l'audace?
»C'est ici que l'honneur a marqué votre place;
»C'est ici jusqu'au bout qu'il doit vous retenir.
»Ne redoutez-vous point les yeux de l'avenir?
»Même chez l'ennemi que pensez-vous qu'on dise?
»Doutez-vous qu'en secret Octave ne méprise
»Des traîtres révoltés contre son bienfaiteur?
»Même en vous recevant vous lui ferez horreur.
»Ses désirs satisfaits, il brisera lui-même
»Le servile instrument de sa grandeur suprême».
Inutiles efforts, vains discours, soins perdus;
Au parti de César entièrement vendus,
Sourds au cri de l'honneur dont Lucile est l'organe,
Qui peut-être en secret dans leurs cœurs les condamne,
Ces lâches, désertant tout-à-coup nos drapeaux,
Ont été trafiquer, chez des maîtres nouveaux,
De ce sang que pour nous ils venaient de répandre.
Contre tant d'ennemis pouvions-nous nous défendre?
Accrus de nos débris, comment leur résister?
Antoine cependant ose encor le tenter,

Leur opposer un bras toujours ferme, intrépide.
Mais que peut un ruisseau contre un torrent rapide ?
Le plus faible au plus fort est contraint de céder.
De son côté Lucile a beau le seconder,
S'exposer plus avant qu'Antoine ne souhaite,
Que peut-il ? Reculer d'un moment sa défaite,
Et, nouveau Décius, se dévouer pour nous.
J'ai cru, dans un moment si périlleux pour vous,
Devoir vous avertir de tout ce qui se passe.

CLÉOPATRE.

Il suffit : laisse-moi contempler ma disgrace.
Un moment sans témoins..... Ciel ! que me veut Iras ?

SCENE IX.

CLÉOPATRE, CHARMION, IRAS.

IRAS.

Antoine doit bientôt porter ici ses pas.
La victoire est perdue, on vous l'a dit peut-être.
Madame, à ses regards évitez de paraître.

CLÉOPATRE.

L'éviter ! Et pourquoi ? qu'ai-je à craindre de lui ?

IRAS.

Dans son esprit quelqu'un, madame, vous a nui :
On veut de nos malheurs que vous soyez la cause.

CLÉOPATRE.

Que dis-tu ? je frémis ! On l'oserait ?

IRAS.

On l'ose.

On fait plus : on produit contre vous des écrits,
Adressés à César, entre ses mains remis.

CLÉOPATRE.

De tout ce que j'entends mon ame est confondue ;
Je mesurais le gouffre où je suis descendue ;

Je n'en connaissais pas toute la profondeur.
Avant d'être immolée on souille mon honneur ;
On ose me noircir dans un autre moi-même !

CHARMION.

Pensez-vous qu'après tout ce héros qui vous aime
S'arrête à des écrits aussi calomnieux ?

CLÉOPATRE.

Quelque amour qu'il me porte, Antoine est soupçonneux :
Aigri par le malheur, il les croira sans doute.
Quel monstre de son cœur m'a pu fermer la route ?

CHARMION.

Peut-être qu'Octavie.....

CLÉOPATRE.

Arrête : que dis-tu ?
Qui ? moi, la soupçonner !-Elle a trop de vertu.
Non, de cette bassesse elle n'est point capable.
Je vois dans ma rivale un objet respectable ;
Je ne suis point injuste, et mon cœur la défend.
Tel est de la vertu le pouvoir, l'ascendant,
Qu'elle force à louer jusqu'à son ennemie.

CHARMION.

Où trouver donc l'auteur.....

CLÉOPATRE.

Où ? Dans Alexandrie.
Oui, c'est-là que je dois, sans doute, le chercher ;
Que ce monstre à mes yeux se plaît à se cacher ;
Qu'il ourdit contre moi sa criminelle trame :
Le lâche ? en quel moment son burin me diffame ?

CHARMION.

Vos sujets contre vous se seraient-ils permis...?

CLÉOPATRE.

Nos sujets sont souvent nos plus grands ennemis :
Crois-tu leur jugement envers nous toujours juste ?
Du meilleur de nos rois j'ai vu briser le buste,

Et tu peux de leur haine envers moi t'étonner !
Mon père fut contraint de les abandonner ;
D'aller, au poids de l'or, les racheter dans Rome ;
D'essuyer les dégoûts de ce sénat, qu'on nomme
L'appui, le défenseur, l'arbitre de nos droits,
Et qui n'est en effet que le tyran des rois :
Et dit-on ce qu'enferme un écrit si coupable ?

IRAS.

Que pour rendre à vos vœux Octave favorable,
Vous lui sacrifiez Antoine et vos Etats ;
Que vous avez vous-même engagé nos soldats
A chercher leur salut dans le parti contraire.

CLÉOPATRE.

Quelle horreur ! chère Iras : parle, que dois-je faire ?
Antoine prévenu voudra-t-il m'écouter ?

IRAS.

Madame, encore un coup ; songez à l'éviter.
De ses premiers transports il suit la violence ;
La raison est réduite à garder le silence...

CLÉOPATRE.

Tu dis vrai : je dois fuir Marc-Antoine et César.
Je me suis dès long-temps ménagée un rempart,
Un refuge, au besoin, à couvert de l'orage,
Où de mes ennemis je puis braver la rage :
Ce monument funèbre où gisent mes aïeux,
Où peut-être la mort tient conseil avec eux,
Pour mettre un terme aux maux dont je suis poursuivie,
M'appelle dans leur sein... J'y cours ; c'est mon envie :
Oui, c'est-là que je veux aller m'ensevelir.

CHARMION.

Justes Dieux, quel projet ! Vous pourriez l'accomplir ?

CLÉOPATRE.

Si je le peux ? Sans doute, et dès ce moment même :
Mes maux ne sont-ils pas parvenus à l'extrême ?

Ai-je dans mòn malheur d'autres ressources ? Non :
L'univers en entier me laisse à l'abandon.
Adieu. Rappelez-vous quelquefois ma mémoire.
Votre reine, du moins je me plais à le croire,
Vivra long-temps encor dans vòtre souvenir.
Croyez que de mòn cœur rien ne pourra bannir
Cette amitié si douce et jamais altérée
Qu'au sortir du berceau vous m'avez consacrée.
Hélas ! j'aurais voulu la mieux récompenser ;
Le sort y met obstacle, il faut y renoncer.
Du soldat effréné, l'espérance et la joie,
Mes immenses trésors vont devenir la proie.
De sa rapacité que puis-je préserver ?
Ces joyaux : de ses mains vous pourrez les sauver.
(*Elle se dépouille de ses pierreries et les leur présente.*)
Prenez-les ; désormais ils me sont inutiles.
Je sai que ces présens à vos yeux sont futiles :
Mais j'ose me flatter que ces dons de ma foi
Vous seront précieux, comme venant de moi ;
Que d'une infortunée ayant orné les charmes,
Vous les arroserez quelquefois de vos larmes.

CHARMION.

O Ciel ! Et quelle idée avez-vous donc de nous ?
Vous nous voyez gémir, pleurer à vos genoux,
Et de vous délaisser vous nous croyez capables !
Qui ? nous ! De la fortune esclaves méprisables,
Que cessant envers vous tout service, tout soin,
Nous vous abandonnions en un si grand besoin !
Quel outrage, madame, et pour l'une et pour l'autre.
Et notre sort peut-il se détacher du vôtre ?
On nous vit entourer jeunes votre berceau :
Si les Dieux de vos jours éteignent le flambeau,
Avant que leur courroux sur notre tête tombe,
On nous verra de même entourer votre tombe ;

Vous prodiguer nos soins et nous y renfermer.
Contre vos ennemis vous voulez vous armer,
De ce sombre séjour, de ces lieux funéraires
Où l'on a rassemblé la cendre de vos pères.
Nos cœurs sont préparés à vous suivre en ce lieu ;
Allons y soutenir les assauts de ce Dieu
Dont la haine se montre envers vous si cruelle.
Chacun à vous servir, disputera de zèle,
Et vous fera douter, par ses soins assidus,
Quelle est celle de nous qui vous aime le plus.

CLÉOPATRE.

Arrêtez, c'en est trop : épargnez-moi, de grâce.
Vous distrayez mes yeux même de ma disgrace :
Suspendue en mon cœur, vous émoussez ses traits.
Amitié, sur les cœurs quels sont donc tes attraits,
Que, détournant tes pas de la route commune,
Tu quittes le bonheur pour suivre l'infortune ?
Savez-vous de quel poids vous allez vous charger ?
Je n'ai que des malheurs pour vous dédommager.
Songez que j'ai perdu jusqu'au titre de reine.

IRAS.

C'est vous que nous aimons et non la souveraine.

CLÉOPATRE.

Du sort qui vous attend ne frémissez-vous pas ?

IRAS.

Avec vous partagé, ce sort a des appas.
Du vôtre seulement notre ame est inquiète.

CLÉOPATRE.

Considerez du moins l'abyme où je vous jette.

CHARMION.

Tout est considéré ; ne nous résistez plus.

CLÉOPATRE

Je le vois, j'y ferais des efforts superflus.

Et comment résister au penchant qui m'entraîne ?
Vous captivez mon cœur d'une si douce chaîne.
Allons, il faut remplir le cours de mes destins.

CHARMION.

Puissent les Dieux, pour vous, devenir plus humains !

ACTE III.

SCENE PREMIERE.

ANTOINE, SOZIUS, EROS, SUITE, GARDES.

SOZIUS.

Pourquoi vous imputer, seigneur, votre désastre ?
Octave doit p utôt la victoire à son astre,
Qui, dès long-temps, préside à ses heureux destins,
Qu'il ne la doit, peut-être, à ses vaillantes mains.
Un mot vous a perdu, c'est tout ce qu'on peut dire.

ANTOINE.

Eh quoi ! vous vous laissez, par ce mot, tous séduire ?
Ce mot est le prétexte. Et la cause ? Ah ! grands Dieux !
Tu la vois consignée en cet écrit affreux.
Voilà de mon malheur, la cause véritable.

SOZIUS, *après avoir jeté les yeux sur l'écrit.*

Croirai-je qu'une reine à ce point soit coupable ?
Non, seigneur, j'ose prendre, à vos yeux, son parti :
Cet écrit de ses mains ne peut être sorti.
Et quel serait le fruit de cette perfidie ?
Un regard caressant du frère d'Octavie ?
Et c'est pour l'obtenir qu'elle aurait dans ce jour,
Sacrifié son sceptre, et vous, et son amour ?
Non, seigneur, je connais le cœur de Cléopâtre ;
Croyez que sa fierté, que rien ne peut abattre,
Que vingt rois, ses aïeux, dans son sang ont transmis,
Rompt toute intelligence avec ses ennemis.
Et comment supposer qu'à soi—même barbare

Elle ait tendu les mains aux fers qu'on lui prépare?
Provoqué son malheur, pouvant le détourner?
Son esprit, à ce point, n'a pu s'aliéner.
Cet écrit ténébreux, qui si fort vous affecte,
N'est que l'ouvrage obscur de quelque main suspecte;
D'un malheureux sans nom, dans la foule jeté,
Qui, pressé par la soif de la nécessité,
A quelque courtisan aura vendu sa plume,
Distillé le venin, le fiel qui le consume,
Peut-être contre vous et la reine à-la-fois.

ANTOINE.

Quoi ! tu crois cet écrit contrefait ?

SOZIUS.

Je le crois.

ANTOINE.

Cependant de la reine on voit le caractère.

SOZIUS.

On a perfectionné jusqu'à l'art du faussaire :
Alexandrie abonde en ces sortes de gens
Des vengeances d'autrui lâches et vils agens.

ANTOINE.

Quel motif cependant, ou quelle frénésie,
A pu contre la reine armer la jalousie?
Dans le rang qu'elle occupe a-t-on des envieux?

SOZIUS.

Plus on est élevé, plus on choque les yeux.
Est-il quelque hauteur où n'atteigne l'envie?
Elle trouble le cours de la plus belle vie,
Et le trône est sur-tout en butte à ses serpens,
D'autant plus dangereux que, souples et rempans,
Leur aspect toujours doux n'inspire aucune crainte;
Que c'est dans le secret qu'ils portent leur atteinte :
Et c'est de leur venin qu'est sans doute tracé
Cet écrit clandestin dont vous êtes blessé.

ANTOINE.

En effet, quel serait l'espoir de Cléopâtre?
Tout ce qui se présente est facile à combattre.
Après tant de bienfaits sur elle répandus,
Son empire augmenté de vingt sceptres de plus,
Octavie immolée et pour elle éconduite :
Ce jour même, engagé par Lucile à la fuite,
Méprisant le péril, je n'ai vu que le sien ;
Et renversant le bras qui lui sert de soutien,
Travaillant elle-même à sa propre ruine,
S'aveuglant sur le sort qu'Octave lui destine,
Cléopâtre, insensible à la gloire, à l'honneur,
Se serait enchaînée au char de son vainqueur !
Non, non, je connais trop son mépris pour Octave :
De cette ignominie avec toi je la lave ;
Sa fierté jusque-là n'a pu se ravaler.
Je rougis d'avoir pu me laisser aveugler
Par une lettre aussi de raison dépourvue
Qu'elle ait pu si long-temps me fasciner la vue.
Je démêle à présent l'objet de cet écrit :
On a voulu noircir la reine en mon esprit.
Mon sort, à leurs regards, n'était *pas assez pire* ;
Jusques au dernier terme il fallait le conduire,
M'ôter le seul support qui reste en mon malheur,
Le plaisir d'épancher mon ame dans son cœur.
Ils n'y parviendront pas : non, traîtres, Cléopâtre,
Que vous tâchez en vain dans mon cœur de combattre,
Malgré tous vos efforts, vos ruses, vos détours,
Triomphante en ce cœur, y régnera toujours,
Jusques au dernier terme aura ma confiance.
Vous l'avez pu tenir quelque temps en balance,
M'éblouissant les yeux d'une fausse lueur ;
Mais vouloir la bannir tout-à-fait de mon cœur,

Croyez-moi, c'est former un projet inutile.

(*Après une petite pause.*)

Cependant, quand je songe au conseil de Lucile,
Je ne puis m'empêcher d'en être ému, troublé.
Un guerrier dont le bras s'est cent fois signalé,
Qui court vers le péril plutôt qu'il ne l'évite,
L'émule de Brutus m'inviter à la fuite !
Ce conseil, de sa part, paraît peu naturel.
De spécieux motifs colorant le réel,
Me semble déguiser quelque profond mystère
Que par ménagement il a voulu me taire.
L'amitié qui pour moi lui tient les yeux ouverts
L'aurait-elle éclairé sur cet écrit pervers ?
Son dépit éclatant tantôt contre la reine...
Je frémis ! De mes maux j'ai découvert la chaîne.
Je me suis trop hâté de la justifier.
Malheureux ! à qui donc désormais se fier ?
Tout est-il perverti, fourbe dans la nature ?
Après tant de sermens, Cléopâtre parjure !
Ciel ! devais-je m'attendre à cet affreux retour ?
Il m'est dû ; j'étais trop aveuglé par l'amour :
De la foule de maux dont il nous environne,
Je devais un exemple au monde ; je le donne.

SOZIUS.

Eh quoi ! vous retournez toujours à vos soupçons !
Si Lucile contre elle avait eu de raisons,
N'en doutez point, seigneur, il vous les aurait dites :
L'amitié, surmontant toutes formes prescrites,
Sans égard pour la reine aurait tout avoué.
Au salut de vos jours tout entier dévoué,
Ce devoir dans son cœur sur tout autre l'emporte.

ANTOINE.

Peut-être sans raison contre elle je m'emporte ;

Mes yeux se sont laissés d'un faux jour éblouir.
Mais, comme qu'il en soit, je prétends m'éclaircir ;
Je veux sur cet écrit la forcer à répondre,
Déduire ses raisons, l'absoudre, ou la confondre.

(à Eros.)

Allez ; que dans ces lieux on la fasse venir :
Oui, la reine.

(Eros sort avec plusieurs gardes.)

SCENE II.

ANTOINE, SOZIUS, SUITE, GARDES.

SOZIUS.

Seigneur, daignez vous contenir :
Dans vos jaloux transports vous allez tout enfreindre.

ANTOINE.

Non, crois-moi, Sozius, j'ai l'art de me contraindre :
A mes sens mutinés je sais donner la loi ;
Montrer, lorsqu'il le faut, un cœur maître de soi.

SOZIUS.

Seigneur, encore un coup, je la crois innocente.
Avide à recueillir tout ce qui se présente,
Tout vous frappe, et de tout vous formez vos soupçons ;
Mais de si vains rapports ne sont pas des raisons ;
Vous-même, j'en suis sûr, en sentez l'impuissance.
Cent titres de la reine assurent l'innocence :
Vous n'en avez qu'un seul qu'on peut leur opposer.
Sur ce témoin muet osez-vous l'accuser ?
Non, seigneur, à vos yeux il est trop récusable.
Au moment que le sort de son courroux l'accable,
Voulez-vous ajouter ce comble à son malheur ?
Achever d'enfoncer le poignard dans son cœur ?
Au lieu de l'adoucir envenimer sa plaie ?
Songez qu'elle a besoin d'un support qui l'étaie.

Et de qui plus que vous doit-elle l'espérer ?
Vos destins sont communs, faut-il les séparer
Au moment que le ciel éprouve l'un et l'autre ?
Rassembler vos débris, c'est son devoir, le vôtre.
Vous avez besoin d'elle, elle a besoin de vous.
L'ennemi vous observe avec des yeux jaloux.
Son triomphe en ce jour lui donne assez de gloire ;
Voulez-vous, divisés, compléter sa victoire ?

SCENE III.

ANTOINE, SOZIUS, EROS, SUITE, GARDES.

ANTOINE à Eros.

Eh bien ! que t'a-t-on dit ? viendra-t-elle ?

EROS.

Seigneur,

Au coup le plus affreux préparez votre cœur :
Je vais en attaquer l'endroit le plus sensible.
Ce que je viens d'apprendre est pour vous si terrible,
Que je ne sais comment, seigneur, vous l'annoncer.

ANTOINE.

Mon cœur prévoit le trait dont tu veux le percer ;
Sans honte à l'ennemi Cléopâtre nous livre,

EROS.

Non, seigneur.

ANTOINE.

Et quoi donc ?

EROS.

Elle a cessé de vivre.

ANTOINE.

Elle a cessé de vivre ! ô ciel ! qu'ai-je entendu ?
A ce coup, en effet, me serai-je attendu ?

EROS.

Dans ce palais déjà cette nouvelle est sue.
A peine du combat a-t-elle appris l'issue,

Que, craignant de tomber au pouvoir du vainqueur....

ANTOINE.

Et j'osais soupçonner de trahison son cœur !

EROS.

De ses femmes suivie, elle s'est retirée
Dans cette vaste enceinte à la mort consacrée,
Monument à-la-fois de misère et d'orgueil ;
Et, jetant sur le sort qui l'attend un coup d'œil,
N'en pouvant soutenir l'affreuse perspective :
« Je suis reine, et l'on veut que je meure captive !
» Je meurs libre, dit-elle, et je brave César ».
A ces mots, enfonçant dans son cœur un poignard,
De la clarté du jour elle s'est délivrée.
C'est ainsi que du moins Iras, tout éplorée,
Vient dans ce même instant de me le raconter.

ANTOINE.

Le ciel a-t-il des traits encore à me porter ?
Sa haine contre moi s'est-elle satisfaite ?
Qu'exige-t-il de plus ? ma mort ? je la souhaite :
Ce n'est point me punir, le jour m'est odieux ;
C'est m'affranchir d'un joug insupportable, affreux.
Privé du seul objet pour qui j'aimais la vie.
En arrêter le cours, c'est remplir mon envie.
Malheureux ! qu'as-tu fait ? l'as-tu pu soupçonner ?
A se justifier tu voulais l'amener,
Avoir de sa vertu la preuve convaincante ;
Sois satisfait, tu l'as, sa mort te la présente.
O ciel ! par quels moyens éclaires-tu mes yeux ?
Fallait-il se servir d'un jour si ténébreux ?
Du flambeau de la mort me déciller la vue ?
Dure encore la nuit sur mes yeux répandue,
Plutôt que d'acheter la lumière à ce prix !

SOZIUS.

Dans un si grand malheur, quel parti...?

ANTOINE.

Je l'ai pris.

Est-il d'autre parti que celui de la suivre?

SOZIUS.

Oui, seigneur.

ANTOINE.

Quel est-il?

SOZIUS.

De vous vaincre, et de vivre.

L'ennemi doit bientôt nous assiéger ici :
Voulez-vous vous livrer vous-même à sa merci?
Ce palais, défendu par notre faible escorte,
Ne peut tenir long-temps contre César.

ANTOINE.

Qu'importe?

Dans le trouble où je suis puis-je songer à moi?
Il est vainqueur; eh bien ! j'en subirai la loi :
Quelqu'en soit la rigueur, à tout je me dispose.
La mort de Cléopâtre absorbe toute chose;
Je ne sens que le coup dont sa perte m'atteint :
Tout autre sentiment dans mon cœur est éteint.

SOZIUS.

Est-ce vous qui parlez? ô ciel ! est-il possible?
Vous, Romain!

ANTOINE.

Je suis plus, je suis homme et sensible.

SOZIUS.

La sensibilité cesse d'être vertu
Lorsqu'on montre au malheur un courage abattu,
Que, loin d'y résister, à la tempête on cède.
Veuillez vous secourir, vous trouverez une aide.

ANTOINE.

Sans doute, il m'en faut une ; où la trouver ?

SOZIUS.

En vous.

Du sort qui vous poursuit osez braver les coups.
Que sert de soupirer pour des cendres éteintes ?
Espérez-vous fléchir le destin par vos plaintes ?
Qu'il rende Cléopâtre à la clarté du ciel ?
Une fois prononcé l'arrêt est sans appel.
Vous ne l'ignorez pas, la terre en est instruite.
On trouve cette loi dans tous les cœurs écrite :
«Tout mortel à la mort doit tribut sans retour.»
Ne pouvant ranimer l'objet de votre amour,
Cédez, trop convaincu de votre insuffisance :
Opposez au destin une mâle assurance.
On vous a vu naguère assister aux leçons
Du Portique, vous plaire à ses instructions ;
Qu'attendez-vous, seigneur, pour les mettre en pratique ?

ANTOINE.

Notre cœur délivré de tout joug tyrannique,
On peut le diriger, sans doute, à notre choix.
Tu n'as jamais aimé, Sozius, je le vois :
De l'Amour sur les cœurs connaissant peu l'empire,
Tu crois qu'il est aisé de pouvoir le détruire ;
Que la raison sur nous conserve encor ses droits ;
Mais si ce dieu jamais t'engageait sous ses lois,
Tu changerais bientôt de langage, peut-être.

SOZIUS.

Il a tenté souvent, seigneur, de me soumettre ;
Mais, plus guerrier qu'amant, je l'ai vaincu, dompté.
Le devoir dans mon cœur l'a toujours emporté.

ANTOINE.

La raison sur mon cœur n'a pas le même empire.

SOZIUS.

Souffrez que j'ose encor, seigneur, vous contredire :
Le Parthe en ce moment dépose contre vous.
Poursuivi par un Dieu de nos succès jaloux,
Errant dans les déserts qu'enferme le Caucase,
Dénué de secours, trahi par Artabaze,
Lutant contre le Parthe, et la soif, et la faim,
Opposant au soldat un front calme et serein,
Tandis qu'au désespoir il se livrait en proie,
Qu'il implorait la mort comme la seule voie
Qui pouvait l'affranchir de tant de maux soufferts :
Moins général que père, en un si grand revers,
Tendant la main à l'un, caressant de l'œil l'autre,
Oubliant votre état, pour ne songer qu'au nôtre,
Relevant dans nos cœurs notre espoir abattu,
Votre exemple rendit à chacun sa vertu.
Et vous ne pourriez pas triompher dans votre ame,
Du triste souvenir de la mort d'une femme !
Croyez-moi, banissez cet importun souci.

ANTOINE.

Ciel ! d'où vient que Lucile encor n'est point ici ?
Peut-il m'abandonner dans ce désordre extrême ?
Qui peut le retenir ?

SOZIUS.

Votre sûreté même.
Avez-vous oublié qu'autour de ce palais,
Il s'obstine à vouloir en défendre l'accès ?
Qu'avec ce peu des siens échappés au carnage,
Il veut à César même en fermer le passage,
Et vous donner le temps de sortir de ces lieux ?

ANTOINE.

N'importe, qu'il paraisse un moment à mes yeux.
(*Sozius sort.*)

5

SCÈNE IV.

ANTOINE, EROS, SUITE, GARDES.

ANTOINE.

Seul lien de la vie encor qui me retienne ,
J'ai besoin d'épancher mon ame dans la sienne.
L'amitié dans un cœur verse un baume si doux !
Les Dieux n'ont point encor épuisé leur courroux,
Puisqu'ils m'ont épargné dans cet ami fidèle.
Il ne doit pas savoir cette affreuse nouvelle :
Je l'eusse vu voler soudain à mon secours.
Lorsqu'il saura le deuil répandu sur mes jours ,
Son cœur navré pour moi saignera de ma plaie ;
Il n'est point de moyens qu'il ne tente, n'essaie,
Pour adoucir le trait dont je suis déchiré.
C'est en vain; trop avant ce trait a pénétré.
Pour des maux si cuisans il n'est point de remède.
Je ne refuse point le secours de ton aide ,
Mais n'en espère pas remporter aucun fruit:
Sozius l'a tenté , d'un vain espoir séduit :
Tu peux plus sur mon cœur, il t'aime, te désire ;
Mais quel que soit sur moi ton pouvoir, ton empire ,
Ne crois pas triompher d'un souvenir vainqueur.
L'Amour en traits de feu l'a gravé dans mon cœur.
Penses-tu qu'il te soit de l'en bannir facile?
Sozius reparaît sans amener Lucile !
Consterné , de ses yeux je vois des pleurs couler.
Le ciel du dernier coup voudrait-il m'accabler ?

SCÈNE V.

ANTOINE, SOZIUS, EROS, SUITE, GARDES.

ANTOINE.

Ton silence m'apprend ce qu'il faut que j'espère ;
Les Dieux ont achevé d'épuiser leur colère ;

Parle, contre ce coup mon cœur est affermi.

SOZIUS.

Seigneur, il est trop vrai, vous n'avez plus d'ami.
Le ciel impitoyable en sa haine s'obstine.

ANTOINE.

Et, pour comble d'horreur, c'est moi qui l'assassine !
C'est moi qui de ses jours étouffe le flambeau !
Ma funeste amitié l'a conduit au tombeau.

SOZIUS.

Lui-même est l'artisan, la cause de sa perte;
Il pouvait se sauver, la voie était ouverte.
Rejetant le conseil de ses braves amis,
Obstiné de combattre encor les ennemis,
Voyant qu'il ne pouvait résister à leur nombre,
Jetant sur ses guerriers un œil farouche et sombre,
«C'en est fait, a-t-il dit, quitte envers l'amitié,
»De mes devoirs sacrés me voilà délié;
»Il ne me reste plus qu'à lui donner ma vie ».
A ces mots, se jetant sur l'armée ennemie,
Son bras victorieux l'a soutenu long-temps;
Mais enfin, assailli par trente combattans,
Frappé du coup mortel, il a cessé de vivre.

ANTOINE.

Le chemin est tracé, je n'ai plus qu'à le suivre:
Cléopâtre et Lucile ont fini leur destin;
Aux enfers descendus ils me tendent la main.
Qu'attends-je ? que César me convie à les joindre?
Suis-je encor retenu par des nœuds ? Pas le moindre;
La mort les a détruits, il ne m'en reste plus.
A m'ôter tout appui les Dieux se sont complus;
Une perte est soudain par une autre suivie.
Il en fallait bien moins pour attaquer ma vie;
Le premier coup sans l'autre eût de reste suffi.
Plus de doute, mon sort est enfin éclairci.

Isolé sur la terre, elle est pour moi déserte,
Ne s'offre à mes regards que d'un crêpe couverte ;
Tout espoir est éteint, il n'en est plus pour moi.
Quel partage ! La mort me cause moins d'effroi ;
Aux cœurs désespérés elle n'est point cruelle...
M'abusé-je ? J'entends une voix qui m'appelle :
Est-ce vous, Cléopâtre ? Approchez de ces lieux ;
Pourquoi vous dérober si long-temps à mes yeux ?
Venez, de mes soupçons vous n'avez rien à craindre ;
Un seul de vos regards suffit pour les éteindre :
Que dis-je ? en vous voyant ils seront effacés.
Hâtez-vous de vous rendre à mes vœux ; paraissez.
Qui m'a pu transporter aux infernales rives ?
O ciel ! autour de moi que des ombres plaintives !
Mânes infortunés, rentrez dans le tombeau :
De mes proscriptions vous m'offrez le tableau !
Eloignez de mes yeux un spectacle si triste.
Qui ? moi ! j'aurais tracé cette fatale liste ?
De tant d'assassinats rougi, souillé ma main ?
Est-on si sanguinaire avec un cœur humain ?
Je l'étais : qui m'a fait pervertir la nature ?
Octave dans mon cœur étouffa son murmure.
J'eusse été sans rivaux, l'amour de l'univers.
O ciel ! j'ai soulevé contre moi les enfers.
Malheureuse ! pourquoi t'armer contre Fulvie ?
Arrête. Quels regards ! je reconnais Tulie :
Son aspect m'épouvante et me glace d'effroi.
Un poignard à la main, que veut-elle de moi ?
Sur ces bords désolés, parle, que viens-tu faire ?
Que me demandes-tu ? La tête de ton père ?
Hélas ! suis-je en état de t'en payer le prix ?
O Ciel ! de tous côtés que de plaintes, de cris !
Ai-je pu sur ma tête amasser tant de haines ?
Eloignez de mes yeux ces filles inhumaines.

A se jeter sur moi qui peut les engager ?
Dans un fleuve de sang vous voulez me plonger !
C'est le sang, dites-vous, de mes tristes victimes !
Qui ? moi ! j'aurais commis à-la-fois tant de crimes !
L'ambition m'aurait en tigre transformé ?
Ma mère...! Quel regard de colère enflammé !
Qu'ai-je fait qui m'attire un accueil si sévère ?
Que me reproches-tu ? d'avoir livré ton frère ?
Hélas ! s'il est ainsi, si j'en suis l'assassin,
O ma mère, il fallait m'étouffer dans ton sein,
Prévenir, épargner tant de larmes au monde.
Du sang qui m'a formé moi-même je m'inonde !
Je l'abandonne en lâche à la soif de César !
De la haine tous deux arborant l'étendard,
Nous mîmes le destin des mortels à l'enchère ;
Une victime était d'une autre le salaire.
Par nous tout fut franchi, rien ne nous fut sacré...
Quel jour chasse la nuit dont j'étais entouré ?
Où suis-je ? quel pouvoir en ce lieu me ramène ?
Est-ce toi, Sozius ? Je ne vois point la reine :
Qu'on la fasse avertir que je l'attends ici ;
Que Lucile y paraisse en même temps aussi.

S O Z I U S.

Seigneur, un Dieu cruel sans doute vous égare :
Avez-vous oublié que la mort vous sépare
Et de l'un et de l'autre en ce funeste jour ?

A N T O I N E.

Hélas ! il est donc vrai, je les perds sans retour !
Cléopâtre et Lucile ont fini leur carrière,
Et moi, j'ouvre les yeux encore à la lumière !
Sortez ; qu'Eros demeure, il me suffit de lui.

S O Z I U S.

Nous, vous abandonner dans un si grand ennui !

Souffrez...

ANTOINE.

Encore un coup, laissez-moi, je l'exige.

SCÈNE VI.

ANTOINE, ÉROS.

ANTOINE.

Tu vois tous les revers dont le Destin m'afflige.
Les Dieux, de tous les maux, m'accablent à-la-fois.
D'un vainqueur insolent subirai-je les lois?
Tu sais trop que mon cœur résiste à cet outrage.
La reine a prévenu par sa mort l'esclavage;
Lucile, ne pouvant survivre à mon malheur,
A fait choix d'un trépas digne de sa valeur.
Leur exemple m'invite à les suivre, sans doute;
Les Dieux ne m'ont laissé que cette seule route
Pour m'affranchir des maux dont je suis accablé.
Tu le vois, tout espoir à mes yeux est voilé.
Sans moyens pour fléchir la colère céleste,
Il est temps d'arriver au seul port qui me reste.
Tu n'as point oublié ce que tu m'as promis,
Que, livré sans ressource aux destins ennemis,
Tu me délivrerais d'une vie importune?
Convaincu qu'en effet il ne m'en reste aucune,
Je te somme aujourd'hui de dégager ta foi;
Cher Eros, prends ce fer, frappe et délivre-moi.

ÉROS.

Moi, seigneur! qu'à ce prix je vous prouve mon zèle!
Que je porte sur vous une main criminelle!
Que fumante d'un sang pour moi si précieux,
De vos flancs déchirés je la retire! ô Dieux!
Et pourrai-je jamais m'envisager moi-même,
Teint du sang d'un héros que je chéris, que j'aime?

Dont les bienfaits sur moi répandus chaque jour..

ANTOINE.

Tu ne peux mieux prouver envers moi ton amour
Qu'en me rendant, Eros, cet important service.
Trop certain que pour moi la vie est un supplice,
Tu ne peux l'abréger qu'en me donnant la mort.
Si tu m'aimes, fais-toi ce généreux effort.
J'ai reçu tes sermens, ma bouche les atteste.

ÉROS.

Ils sont absous.

ANTOINE.

Par qui ?

ÉROS.

Par mon cœur.

ANTOINE.

Vain prétexte.

Ton cœur même, ton cœur t'engage à les remplir :
Aux yeux de mon rival veux-tu donc m'avilir ?
Il doit se rendre ici : le temps presse, décide.

ÉROS, *à part les deux premiers vers.*

O ciel ! en ce moment sois mon juge et mon guide !
Dois-je répondre aux vœux d'Antoine et l'immoler ?
Vous demandez du sang ; eh bien, il va couler.
Je me rends. Vous verrez si pour vous j'ai du zèle.
Recevez les adieux d'un serviteur fidèle :
Pardonnez cet élan, il doit m'être permis.

ANTOINE.

Que dis-tu ? dans mon cœur je t'ai toujours admis.

ÉROS.

De ce rang glorieux je vais me rendre digne.

ANTOINE.

Frappe, voilà mon cœur, ma main te le désigne.

É R O S.

Fermez les yeux, ma main sait où porter ses coups.
(*Il se frappe.*)
Vous pouvez les rouvrir; j'expire à vos genoux :
C'en est fait.

A N T O I N E.

Ciel ! où suis-je ? en croirai-je ma vue ?
Cher Eros !... Malheureux ! quoi, c'est moi qui te tue !
Ma lâcheté t'a mis le glaive dans le sein !
Ne pouvais-je sans toi consommer mon dessein,
Descendre chez les morts sans que l'on m'y précède ?
Ah, lâche ! pour mourir a-t-on besoin d'une aide ?
La route des enfers est ouverte à chacun :
J'avais un bras, pourquoi recourir à l'emprunt ?
Un Romain pour mourir manque-t-il de courage ?
La reine t'en avait enseigné le passage ;
Lucile à son exemple était mort en héros.
Fallait-il qu'un esclave, un affranchi, qu'Eros,
De son sang, sous tes yeux, vînt t'en tracer la route ?
Je la suivrai ; ce fer me l'ouvrira sans doute,
M'approchera de lui par le même chemin :
Réunis, nous aurons un semblable destin...
J'entends du bruit : serait-ce Octave qui s'avance ?
O mort ! à mes regards dérobe sa présence.
(*Il se plonge l'épée dans le sein.*)

S C È N E   V I I.

ANTOINE, SOZIUS, SUITE, GARDES.

S O Z I U S.

O ciel ! quel spectacle est offert à mes yeux !
Eros mort à vos pieds ! et vous-même... Ah ! grands Dieux !
Qu'avez-vous fait, seigneur ? tout votre sang ruisselle !

A N T O I N E.

Eros est mort pour moi victime de son zèle ;

Ne pouvant le résoudre à me prêter sa main,
J'ai suivi son exemple en me perçant le sein.

SOZIUS.

Il en est temps encor; peut-être votre plaie...

ANTOINE.

C'est la vie et non pas le trépas qui m'effraie.
Moi ! pour la prolonger accepter tes secours !
En aurai-je hâté, précipité le cours,
Si j'eusse été jaloux d'en conserver la trame ?
Songe que sans attraits désormais pour mon ame,
J'en vois luire à regret le funeste flambeau;
Qu'après tant de revers, Cléopâtre au tombeau,
La Mort de tous les Dieux est le seul que j'implore.

SOZIUS.

Cléopâtre, seigneur ! elle respire encore.

ANTOINE.

Elle respire ! ô Ciel ! que dis-tu ? Quoi ! la mort...

SOZIUS.

N'a point fermé ses yeux. Iras d'un faux rapport
Nous avait abusés, par amour pour la reine.
On sait en sa faveur le zèle qui l'entraîne.
De César et de vous redoutant les éclats,
Pour la mettre à couvert elle a feint son trépas.

ANTOINE.

De grâce, traînez-moi jusqu'au lieu qu'elle habite;
C'est moi, c'est votre ami qui vous en sollicite.

SOZIUS.

Quoi ! Seigneur, dans l'état où le sort vous a mis...

ANTOINE.

N'importe, jusqu'au bout montrez-vous mes amis;
Secondez le desir d'un cœur qui m'y rappelle,
Qui, tout percé qu'il est, brûle encore pour elle.
Pourriez-vous m'envier de si tristes adieux,
La funeste douceur d'expirer à ses yeux ?

Songez que cette grâce est pour moi la dernière :
Faut-il qu'un empereur descende à la prière ?

S O Z I U S.

A répondre à vos vœux vous nous voyez tous prêts ;
Nos yeux ne sont ouverts que sur vos intérêts.
A vos desirs, seigneur, chacun de nous s'immole :
Nous allons dans l'instant vous conduire au mausole
Où Cléopâtre a cru devoir se retrancher.

A N T O I N E.

Vous le voyez, je suis hors d'état de marcher.

S O Z I U S.

Reposez-vous sur nous du soin de vous conduire.
(*à part, tandis que les gardes se disposent à le porter.*)
Ciel ! faut-il que l'amour ait sur nous tant d'empire,
Qu'un héros à ce point s'en laisse maîtriser ?
Hélas ! à cet écueil ils vont tous se briser !

A C T E I V.

S C E N E P R E M I E R E.

OCTAVE, AGRIPPA, ARRIUS, SUITE, GARDES.

A R R I U S.

Grâce, grâce, seigneur, pour la ville rebelle !

O C T A V E.

Cher Arrius, j'honore en sa faveur ton zèle ;
Mais n'en espère rien, je te parle sans fard.
C'est peu d'avoir suivi d'Antoine l'étendard,
Des bienfaits de mon père oublié la mémoire,
Elle irrite en ce jour dans mes mains la victoire,

Me la fait acheter par des torrens de sang.
Penses-tu que son crime à mes yeux soit d'un rang
Que l'on puisse acquitter sans que la mort s'ensuive?

ARRIUS.

Commencez donc d'éteindre une haine si vive
Dans ce sang malheureux que vous avez proscrit.
Dans la fatale liste Arrius est inscrit.
Quel prétexte avez-vous pour épargner ma vie?
J'ai reçu la naissance au sein d'Alexandrie :
Si ce titre suffit pour rendre criminel,
Je le suis : ordonnez qu'on me mène à l'autel.
L'arrêt est général, vous devez m'y soumettre :]
Le forfait est commun, le supplice doit l'être.
Pourquoi me séparer de mes concitoyens?

OCTAVE.

Comme vainqueur, j'en ai le droit et les moyens.

ARRIUS.

Triste droit que celui que donne la victoire.
Vous pourriez en user? non, je ne puis le croire;
L'héritier de César doit l'imiter en tout :
Sa base est l'équité.

OCTAVE.

C'est elle qui t'absout,
Qui te fait discerner de ce peuple volage.
J'abandonne la tourbe, et je respecte un sage
Dont les écrits divins m'ont toujours enchanté.

ARRIUS.

J'y cherche en tâtonnant l'obscure vérité :
Mais que sert aux mortels d'en offrir la lumière?
Elle a beau les frapper, ils ferment la paupière :
C'est sans les corriger qu'ils lisent mes écrits.
Il en est un sur-tout dont j'espérais des fruits.

Hélas ! je me berçais d'une fausse espérance.

OCTAVE.

Le connais-je?

ARRIUS.

Oui, seigneur.

OCTAVE.

Son titre?

ARRIUS.

La clémence.

Votre père lui doit ses lauriers les plus beaux.
Fidèle à couronner la fin de ses travaux,
La victoire jamais ne marchait point sans elle :
Il eût cru la ternir et la rendre moins belle,
S'il eût souillé ses mains dans le sang des vaincus :
Sitôt qu'il les voyait à ses pieds abattus,
Il leur tendait les bras, leur grâce était certaine.
Malheureux ! c'est en vain qu'aux vôtres je me traîne ;
A mes concitoyens vous fermez votre cœur.
Je le vois, mon génie a manqué de hauteur ;
Trop faible, a succombé dans cette tentative :
Il eût fait sur votre ame une impression vive.
Arrius, pour fléchir un si puissant courroux,
N'aurait point sans effet embrassé vos genoux;
Son ouvrage au pardon eût préparé votre ame.
Mais puisque c'est en vain, seigneur, qu'il le réclame,
Que sur vous la clémence a perdu son pouvoir,
A la pitié pour tous ne peut vous émouvoir,
Permettez-moi du moins d'implorer la justice :
Est-il juste à vos yeux que l'innocent périsse?
Et qu'ont fait des enfans, des femmes, des vieillards?
Les a-t-on vu braver, fouler vos étendards,
Pour les abandonner aux horreurs du carnage?
J'ai promis, direz-vous, au soldat le pillage ;

Ma parole est sacrée, et je dois la tenir.
D'un serment téméraire on perd le souvenir :
Un lien plus sacré, l'honneur nous en dégage.
Quoi ! sans dinstinction de sexe ni de l'âge,
Aux farouches soldats, en bourreaux transformés,
De torches et de fer également armés,
La ville se verrait par vous abandonnée,
Pourquoi ? Pour leur tenir la parole donnée !
Non, seigneur, non, César enchaînera leurs mains,
Vous fera révoquer ces ordres inhumains.
Venez, vous y verrez en tous lieux ses statues :
Et vous pourriez les voir d'un œil sec abattues ?
Mutiler..... je frémis seulement d'y penser !
Ce tombeau sur lequel on vous a vu verser
Des pleurs qu'il est si doux aux héros de répandre ;
Ce tombeau qui contient les restes d'Alexandre ?
Non, de ce monument les débris dispersés,
S'élevant contre vous par la haine amassés,
Vous poursuivant sans cesse au temple de mémoire,
D'un voile trop obscur couvrirait votre gloire.
Epargnez-le : un héros doit en être jaloux.
Faut-il encor, seigneur, embrasser vos genoux,
Vous prier d'avoir soin et pitié de vous-même ?
Vous avez établi votre grandeur suprême
Sur des faits que l'envie attaque vainement.
Voulez-vous renverser un si beau monument ?
Détruire votre ouvrage et prendre une autre route ?
Non, vous persisterez dans la même sans doute ;
Dans celle dont César vous ouvrit le sentier :
Son fils à l'univers le rendra tout entier.
Rien ne mourra de lui, j'en juge par vos larmes.
Triomphe, Alexandrie, et sors de tes alarmes ;
Ton vainqueur à ma voix se laisse désarmer !
C'était peu de nous vaincre, il veut se faire aimer :

Il le sera, mon cœur lui garantit le vôtre.

OCTAVE.

Souverains, quel bonheur égalerait le nôtre,
Si nous avions toujours des sages pour amis !
Tu parles à mon cœur et mon cœur t'est soumis ;
Tu peux en disposer au gré de ton envie :
A tes concitoyens je laisse à tous la vie.
Dispose d'un pouvoir dont j'allais abuser :
Voilà mon sceau ; tu peux à mes chefs l'exposer,
Sans craindre qu'aucun d'eux ose te contredire :
Sans murmure à tes vœux tu les verras souscrire.
Gardes, accompagnez Arrius en tout lieu :
Ses ordres sont les miens, qu'on les respecte. Adieu.

SCENE II.

OCTAVE, AGRIPPA, SUITE, UNE PARTIE DES GARDES.

AGRIPPA.

Les Dieux de l'univers vous ont donné l'empire,
Et la gloire où je vois que votre cœur aspire
En assure à jamais la conquête en vos mains.
Il est beau de régner sur les cœurs des humains :
Ce triomphe est de tous le plus flatteur, sans doute.
Vous l'obtiendrez ; déjà vous en prenez la route,
Et vous n'êtes point fait, seigneur, pour reculer.

OCTAVE.

Maître absolu de tout, l'orgueil peut m'aveugler :
Plus avant qu'on ne veut souvent il nous entraîne.
Loin du terme prescrit si tu vois qu'il me mène,
C'est de toi que j'attends du secours, Agrippa.
Sauve-moi des écueils de Carybde et Scylla ;
En sage nautonier remets-moi sur la voie.

AGRIPPA.

C'est l'emploi d'un ami, je l'accepte avec joie.

De mon zèle pour vous vous ne vous plaindrez pas :
Je hais trop les flatteurs pour marcher sur leurs pas.
La vérité par moi, j'en jure par avance...

OCTAVE.

J'aime qu'on me la dise et non pas qu'on m'encense.
Je suis homme , et sujet à l'erreur comme toi.
L'encens est pour les Dieux, il n'est pas fait pour moi.

AGRIPPA.

Le repousser, seigneur, c'est vous en rendre digne.
Souvent la modestie est d'un grand cœur le signe.

OCTAVE.

On doit l'être, sur-tout dans le rang où je suis.
L'orgueil blesse les yeux, irrite les esprits.
Mais changeons de propos : je touche donc au faîte ?
Ce jour du monde entier m'assure la conquête :
Je tiens tous les destins des mortels à-la-fois ;
Je me sens assez fort pour en porter le poids,
Aidé de tes conseils et de ceux de Mécène.
Antoine, enseveli dans les bras d'une reine,
Aurait perdu l'état entre nous partagé.
Le mépris de ma sœur devait être vengé;
A Rome, à l'univers, il fallait un exemple.
Dans le cœur des Romains il s'était fait un temple;
Je l'ai détruit. Ses faits ne sont plus enfouis ;
J'ai déssillé les yeux trop long-temps éblouis :
Lui-même contre lui nous a fourni des armes.
On dit que Cléopâtre avait recours aux charmes,
Pour asservir son cœur encor plus fortement :
Je le croirais. Peut-on concevoir autrement
Qu'un mortel qui se sert de la raison pour guide,
Pour assouvir la soif de cette reine avide,
Eût placé tout-à-coup vingt sceptres dans ses mains,
Pour l'enrichir en eût dépouillé les Romains ?

Que dis-je ? si le ciel, propice à son délire,
De la terre en ses mains eût fait tomber l'empire,
Insultant aux foyers de nos braves aïeux,
Il en eût transféré le siége dans ces lieux ;
Au mépris de nos lois et de l'aigle romaine,
D'avance il en nommait Cléopâtre pour reine ;
Et peut-être il entrait encor dans son projet
De s'en rendre l'esclave ou son premier sujet.
Juge si nous devions prévenir cette injure,
Etouffer sans l'ouir de Rome le murmure ;
Souffrir son déshonneur sans éclat et sans bruit.
Mais quel est son destin ? dans quel sombre réduit
Est-il allé cacher son dépit et sa honte?
N'en as-tu rien appris ?

AGRIPPA.

                      Voici ce qu'on raconte :
Que, ne pouvant survivre aux horreurs de son sort,
Il a tenté sans fruit de se donner la mort ;
Que sa main, servant mal sa fureur meurtrière,
N'a porté sur son cœur qu'une atteinte légère;
Et que, pour éviter de tomber dans vos mains,
Il s'est allé jeter dans ces lieux souterrains
Qui des rois de l'Egypte enferment les reliques.
On prétend que la reine en ces vastes portiques
L'avait depuis long-temps dévancé.

OCTAVE.

                           De leur sort
Je ne puis me fier sur ce vague rapport.
Proculéius, chargé du soin de m'en instruire...

SCÈNE III.

OCTAVE, AGRIPPA, DERCETÆUS,
SUITE, GARDES.

DERCÉTÆUS.

Seigneur, vous n'avez plus des rivaux à l'Empire ;

Le ciel vous en délivre : Antoine de ses jours,
Dans les bras de la reine a terminé le cours.
J'ai cru devoir, seigneur, vous porter son épée.

OCTAVE.

Ciel ! de son sang encore elle est toute trempée ;
Eloignez cet objet, il afflige mon cœur.

(*on emporte l'épée.*)

DERCÉTÆUS.

C'est dans ce même lieu qu'il s'est frappé, seigneur.
Je l'ai vu tout sanglant à la place où vous êtes.
Sans espoir de jamais réparer ses défaites,
La fortune l'ayant délaissé sans retour,
Prévenu que la reine avait perdu le jour,
Il s'est fait un devoir de mourir après elle.
Mais bientôt, informé par un rapport fidèle
Qu'elle voyait encor la lumière des cieux,
Luttant contre la mort, prête à fermer ses yeux,
Dans l'état déplorable où sa vie est réduite,
Il se fait transporter au séjour qu'elle habite,
Dans ces funèbres lieux consacrés à la mort :
C'est là que contre vous pensant se faire un fort,
Elle s'est retranchée avec sa faible escorte.
Arrivés, de ces lieux comment forcer la porte ?
Un airain invincible en défendait l'accès.
Après l'avoir tenté plusieurs fois sans succès,
Nous étions décidés de ne plus l'entreprendre.
O surprise ! la reine alors se fait entendre :
Une fenêtre s'ouvre et la montre à nos yeux.
« Vous voyez où m'a mis la colère des Dieux,
» Dit Antoine aussitôt qu'il aperçut la reine ;
» De mes jours, par mes mains, ils ont brisé la chaîne.
» Abusé par le bruit de votre feint trépas,
» J'ai voulu chez les morts accompagner vos pas.

6

»La lumière sans vous était trop importune.
»Vous vivez; puissiez-vous adoucir la fortune,
»Qui ne se lasse point de vous persécuter !
»Hélas ! j'aurais voulu, puisqu'il faut nous quitter,
»Etre plus près de vous à mon heure dernière,
»Qu'une si chère main eût fermé ma paupière,
»Que vous eussiez daigné recueillir... « C'est assez.
»Vos desirs sont les miens, ils seront exaucés.
»Je vais dans le moment, lui répliqua la reine,
»Satisfaire à-la-fois votre envie et la mienne ».
Alors plongeant vers nous une chaîne d'airain,
Tandis qu'elle en tenait un des bouts par la main,
Par geste ou par discours, elle nous fit comprendre,
Le croirez-vous, seigneur? qu'il fallait y suspendre
Son malheureux amant aux portes de la mort.
L'avenir voudra-t-il confirmer mon rapport ?
Non, il lui paraîtra fabuleux, illusoire.
Je l'ai vu, je l'atteste, et j'ai peine à le croire.
Et comment en effet convaincre nos neveux,
Qu'un guerrier, un héros, par tant d'exploits fameux,
Dans d'indignes liens ait souffert qu'on l'enchaîne?
Pourquoi ? pour expirer sous les yeux d'une reine;
Que cette reine, unie à Charmion, Iras,
Sans aide, sans secours, que celui de leurs bras,
De leur sexe oubliant tout-à-coup la faiblesse,
Ont eu la fermeté, le courage, l'adresse
D'amener jusqu'à soi ce dépôt précieux.

OCTAVE.

Ce récit en effet paraît miraculeux;
Je ne sais qu'en penser moi-même, je l'avoue.

DERCÉTÆUS.

A votre inimitié, seigneur, je me dévoue,
Si j'exagère rien dans tout son contenu.
Au terme de ses vœux Antoine parvenu,

Curieux jusqu'au bout de tout voir, tout connaître,
La chaîne suspendue au haut de la fenêtre
M'en offrant le moyen, je parvins à mon but.
Antoine ne donnait nul signe de salut.
Au moment que j'entrai dans cette sombre enceinte.
L'image de la mort sur tous ses traits empreinte,
Semblait rendre inutile, exclure tout secours.
La reine, le désordre était dans ses discours :
»Rassure mon esprit d'un seul mot de ta bouche,
Disait-elle, inondant de ses larmes sa couche;
»C'est moi, c'est ton amante; Antoine, ouvre les yeux.
»Quel silence ! il est sourd à ma voix. Ah, grands Dieux!
»Je n'en puis plus douter, il a perdu la vie.
»Non, madame, les Dieux ne lui l'ont pas ravie,
»Disait Iras; la mort suspend encor ses coups :
»Vous le voyez, ses yeux sont dirigés vers vous ».
En effet, de ses sens ayant repris l'usage :
»Cléopâtre, dit-il, c'est vous que j'envisage;
»Le Ciel daigne exaucer le dernier de mes vœux!
»Le dernier ! Que ce mot à mon cœur est affreux!
»Eh quoi ! toute espérance est éteinte en mon ame !
»Non, le ciel de tes jours renouera la trame,
Lui répliqua la reine en lui pressant la main.
»C'en est fait, j'ai vécu, vous l'espérez en vain.
»Que dis-je ? dans l'état où m'a mis la fortune,
»Dois-je le desirer ? Quelle ressource ? aucune,
»Dit Antoine; pour vivre, il faut avoir un but.
»Octave m'a fermé toute voie au salut;
»Il ne me restait plus que la mort pour retraite.
»Devais-je rendre encor sa gloire plus complète ?
»Aux pieds de mon vainqueur humilier mon front ?
»Sans doute je devais prévenir cet affront.
»Pourquoi ce désespoir que vous faites paraître?
»Songez que le trépas me délivre d'un maître.

» Epargnez à mon cœur de regrets si cuisans.
» Mes destins sont remplis. Qu'importe quelques ans
» Qu'encore j'eusse pu joindre à mes destinées :
» Ce sont les faits qu'on juge, et non pas les années.
» Les miens triompheront de la nuit du tombeau.
» Le renom que je laisse est sans doute assez beau
» Pour passer d'âge en âge et consacrer ma gloire.
» J'ai pu céder sans honte à César la victoire;
» Vaincu par un Romain, je n'ai point à rougir.
» Puissiez-vous, s'il se peut, envers vous l'adoucir;
» Mais, connaissant nos lois, mon cœur en désespère :
» L'orgueil qu'il a puisé dans le sein de sa mère....
» Arrête, j'en connais, dit la reine, un plus fort :
» Que peut-il contre moi ? je ne crains pas la mort.
» Je saurai m'affranchir de ces lois inhumaines ;
» Ce fer m'exemptera, sans doute, de ses chaînes,
» Poursuivit Cléopâtre, en l'offrant à ses yeux.
» Eh quoi ! peux-tu penser que d'un joug odieux
» Je subisse après toi l'affreuse ignominie ?
» Non, Antoine, l'honneur m'est plus cher que la vie.
» Sitôt que de tes jours s'éteindra le flambeau,
» Cet honneur m'ouvrira la porte du tombeau !
» Hélas ! l'amour sans lui m'eût forcé de m'y rendre.
» Cléopâtre, je vais à l'instant y descendre,
» Dit le héros; la mort m'appelle dans son sein.
» Je ne suis inquiet que de votre destin ;
» C'est lui seul qui m'occupe à mon heure suprême.
» Qu'allez-vous devenir ? Malheureux ! j'ai moi-même
» Des Dieux sur votre tête attiré le courroux :
» Sans ce fatal amour qui m'entraîna vers vous,
» Heureuse sur le trône où vous étiez placée.... »
Il ne peut achever : sa langue embarrassée,
Par le froid de la mort fut saisie à ces mots.
Cléopâtre voyant expirer le héros,

De ses cris douloureux fait retentir les voûtes.
« Son sort est décidé , dit-elle, plus de doutes.
» Malheureuse ! le Ciel t'enlève ton appui :
» Pas pour long-temps ; ce fer m'approchera de lui.
» Fidèle à ma parole, elle sera gardée ».
Alors à s'en frapper la voyant décidée ,
J'ai cru devoir, seigneur, l'arracher de ses mains.
Proculéius, suivi de vingt autres Romains,
Montés à la faveur d'une échelle dressée ,
Augmentant la terreur de la reine oppressée ,
Rien ne pouvait, seigneur, appaiser son transport.
Vingt fois elle a tenté de se donner la mort.
Nous voyant opposés sans cesse à son envie :
« Pourquoi m'empêchez-vous de sortir de la vie ?
» Nous dit-elle ; quel est sur moi votre dessein ?
» De me livrer vivante au vainqueur inhumain ?
» Vous voulez vous en faire à ses yeux un mérite.
» Non, traîtres, c'est en vain qu'il vous y sollicite ;
» Les Dieux dans le besoin sauront me secourir ».
En prononçant ces mots nous la voyons pâlir,
Sur ses genoux tremblans se soutenir à peine.
Iras, s'apercevant du trouble de la reine ,
S'avance, et la reçoit mourante dans ses bras.
Tandis que Charmion ensemble avec Iras
Tâchent de la tirer d'un état si funeste ,
D'entretenir le peu de chaleur qui lui reste ,
Ce souffle qui semblait encore l'animer,
J'ai cru devoir, seigneur, venir vous informer
Des destins à-la-fois d'Antoine et de la reine.

OCTAVE.

Incertain de leur sort, tu m'as tiré de peine.
La reine, cependant, cause encor mon souci.
Proculéius chargé d'y veiller... Le voici.

SCENE IV.

OCTAVE, AGRIPPA, DERCÉTÆUS, PROCULÉIUS, suite, gardes.

OCTAVE.

Eh bien ! que fait la reine ? On dit, qu'évanouie,
A peine elle donnait quelque signe de vie.

PROCULÉIUS.

Seigneur, elle a repris l'usage de ses sens.
Autour d'elle jetant des regards languissans,
Sitôt qu'elle a rouvert les yeux à la lumière,
Sa surprise à nous voir a paru tout entière.
Ne pouvant contenir dans son cœur son dépit :
« Est-il vrai que je sois esclave ? a-t-elle dit ;
» Que j'ai perdu le droit de m'exprimer en reine ?
» D'affranchir mes regards d'un aspect qui me gêne ?
» Que le ciel m'a ravi jusques à la douceur
» De pouvoir sans contrainte exhaler ma douleur !
» Hélas ! s'il est ainsi, si tel est mon partage,
» Pourquoi du sentiment m'avoir rendu l'usage ?
» Fallait-il m'arracher des portes de la mort,
» Pour me faire sentir tout le poids de mon sort ? »
En achevant ces mots, la reine s'est voilée.
Respectant la douleur dont elle est accablée,
J'ai cru que je devais, propice à ses désirs,
La laisser sans témoins exhaler ses soupirs,
Se recueillir, seigneur, dans le sein de ses femmes.

OCTAVE.

Je t'approuve. Sans fruit tyranniser les ames,
Appesantir le joug lorsqu'on peut l'alléger,
Est odieux, mon cœur est loin de l'exiger.
Insulter au malheur est d'un tyran farouche.
Retournes-y, dis-lui que son état me touche,

Que pour l'en consoler je n'épargnerai rien ;
Qu'on peut tout espérer d'un cœur tel que le mien ;
Que pour elle on aura la même déférence
Que si le sceptre était encore en sa puissance ;
Qu'excepté la couronne elle n'a rien perdu ;
Que libre de tous soins, à moi-même rendu,
J'irai la rassurer sur ses destins moi-même.
Ecarte cependant, avec un soin extrême,
Tout instrument de mort, tout glaive, tout poignard ;
J'ai besoin de sa vie, elle importe à César :
Son triomphe sans elle en aurait moins de charmes.

P R O C U L É I U S.

Si mon zèle suffit, vous serez sans alarmes.
De répondre à vos vœux je me fais une loi.

O C T A V E.

Agrippa, sans témoins qu'on me laisse avec toi.

S C E N E V.

O C T A V E, A G R I P P A.

O C T A V E.

Eh bien ! Antoine a vu sa dernière journée !
Il pouvait reculer encor sa destinée :
Inflexible, à mes vœux je n'ai pu le plier.
Maître par son trépas de l'univers entier,
Je n'ai plus de rivaux, je règne sans partage.
Tout autre ne verrait qu'un si grand avantage ;
Eh bien ! connais Octave, il n'est point satisfait.
La mort de mon rival est pour moi sans attrait.
Et s'il faut t'en parler avec une ame ouverte,
J'ai dévoré des pleurs, en apprenant sa perte,
Que je ne rougis plus devant toi de verser.
Tous ses torts envers moi ne saurait effacer
L'amitié qui jadis nous unit l'un à l'autre.

A G R I P P A.

Je n'attendais pas moins d'un cœur tel que le vôtre.

Un pareil sentiment est bien digne de vous.

OCTAVE.

Cléopâtre entretint la discorde entre nous ,
Me força de venger l'injure d'Octavie.

AGRIPPA.

Vous tenez en vos mains sa liberté , sa vie :
Destinée à parer la pompe de César ,
A le suivre en esclave enchaînée à son char ,
Ce spectacle essuiera les larmes d'Octavie.

OCTAVE.

Tu la connais bien peu : c'est ce qu'eût fait Fulvie ;
Son cœur à ce spectacle eût pu s'épanouir.
Juge mieux de ma sœur. Loin de se réjouir
Du malheur d'une reine à ses vœux si fatale ,
Elle-même tendra les mains à sa rivale ;
Emploiera tous ses soins pour charmer son ennui ,
Et viendra me presser de lui servir d'appui.
La vertu dans son cœur étouffe la vengeance.
Incapable........

SCÈNE VI.

OCTAVE, AGRIPPA, UN GARDE.

LE GARDE.

Arrius vous demande audience ,
Seigneur. J'ai cru que l'ordre étant à tous commun......

OCTAVE.

Un sage à mes regards n'est jamais importun.

SCÈNE VII.

OCTAVE, AGRIPPA, ARRIUS, *accompagné
de plusieurs principaux habitans.*

OCTAVE.

Qui peut te ramener sitôt en ma présence ?

A R R I U S.

Un titre bien sacré : notre reconnaissance.
Tout un peuple à vos pieds demande à se jeter.
Permettez à sa joie à vos yeux d'éclater ;
A son empressement ne mettez [point obstacle:
Venez jouir, seigneur, d'un aussi doux spectacle.
La victoire vous a couronné dans ce jour ;
Il vous restait de l'être encore par l'amour.
Ce triomphe pour tous a d'autant plus de charmes,
Qu'il n'est point arrosé ni de sang ni de larmes ;
Que, fondé sur les cœurs, rien ne peut l'ébranler.

O C T A V E.

Ce triomphe est le tien. Bien loin de le celer,
Moi-même devant tous j'en rendrai témoignage.
Allons ; je ne veux pas différer davantage
L'aveu de tous les biens que ta ville te doit.

A R R I U S.

Plus César s'humilie et plus sa gloire croît.

ACTE V.

*Le théâtre change et représente une salle du vaste mau-
solée consacré à la sépulture des rois d'Egypte. Cléopâtre est couchée sur un lit de repos. Elle est vêtue
très-légèrement et dans le plus grand désordre. A côté
on voit une table sur laquelle on a posé un ou deux
coffres qui renferment des pierreries et autres joyaux
précieux. On voit aussi plusieurs lettres éparses sur
la table.*

S C È N E   P R E M I È R E.

C L E O P A T R E, C H A R M I O N, I R A S.

I R A S, *à Charmion.*

Le sommeil de ses yeux semble enfin s'emparer ;
Plus calme, je l'entends moins souvent soupirer.

Peut-être du repos le baume favorable ,
Suspendant quelque temps la douleur qui l'accable ,
Distraira son esprit de son sort odieux.

CHARMION.

Avec quelle rigueur la poursuivent les Dieux!
On dirait qu'ils s'en font une cruelle étude.
Eprouva-t-on jamais une chute plus rude?

IRAS.

L'infortunée ! hélas ! quel sera son destin ?

CHARMION.

Que le soir de ce jour diffère du matin !
Propice à ses desirs , tout semblait lui sourire.
Elle se promettait de l'univers l'empire.
Quel empire ? Ah , grands Dieux! quel aspect différent !
L'esclavage ou la mort : voilà ce qui l'attend.

IRAS.

C'est le dernier parti qu'elle prendra , sans doute.
Vainement des enfers on lui ferme la route;
En vain la tyrannie a pris soin d'écarter.......

CLÉOPATRE, *endormie.*

Arrêtez ! Contre moi qu'osez-vous attenter ?
Pour qui réservez-vous ces liens , cette chaîne ?

CHARMION.

O Ciel ! quel songe affreux la tourmente ?

CLÉOPATRE, *endormie.*

Une reine !

Non, lâches, non jamais! Oubliez-vous mon rang ?

CHARMION.

Hélas ! je donnerais le plus pur de mon sang
Pour délivrer son cœur du tourment qu'il endure.

IRAS.

Reveillons-là.

CHARMION.

Je crains d'irriter sa blessure.

CLÉOPATRE, *endormie.*

Tous les cœurs sont-ils donc fermés à la pitié ?
Antoine, dans quels lieux t'es-tu réfugié ?

IRAS.

Je ne puis plus long-temps la laisser dans la peine.
Madame ?

CLÉOPATRE, *en se reveillant.*

Qui m'appelle ? Où suis-je ?

IRAS.

Chère reine,
Recueillez vos esprits d'épouvante frappés.

CLÉOPATRE.

Les cruels contre moi s'étaient tous attroupés ;
A Rome dès l'instant ils voulaient me conduire.

CHARMION.

D'une vaine vapeur dissipez le délire.
Personne contre vous ne songe à s'élever.

CLÉOPATRE.

De leurs mains tout-à-coup quel Dieu m'a pu sauver ?

CHARMION.

Le reveil ! Votre erreur trop long-temps se prolonge.
Ouvrez les yeux : faut-il vous effrayer d'un songe ?
Vous n'avez devant vous que Charmion, Iras.

CLÉOPATRE.

Je renais. Quoi ! c'est vous qui me tendez les bras !
Je croyais que le sort nous avait séparées.

CHARMION.

Toujours auprès de vous nous sommes demeurées.
Quel que soit votre sort, nous le partagerons.
N'ayez d'autre souci que du vôtre. Espérons.
César n'a point un cœur inflexible, peut-être.

CLÉOPATRE, *en lui indiquant la lettre*
qu'elle a reçue de Cornelius Dolobella.

Tu sais le contenu qu'enferme cette lettre ;

Et tu crois que César s'adoucira pour moi ?
Ce tyran dès long-temps m'est plus connu qu'à toi.
Proculéius en vain m'a vanté sa clémence ;
Je suis loin d'embrasser une folle espérance.
Il n'a feint de m'offrir, par sa voix, son appui,
Que pour mieux s'assurer de sa proie aujourd'hui,
Crainte que par ma mort je n'échappe à ma honte.
Ce n'est point la pitié, c'est l'orgueil qui le dompte.
Le fourbe dans trois jours fixe notre départ ;
Son orgueil ne saurait le renvoyer plus tard.
Il languit d'attacher à son char une reine ;
D'avance dans son cœur il a forgé ma chaîne :
Voilà ce qui le rend ménager de mes jours :
C'est pour lui, non pour moi, qu'il protège leur cours.
J'y pourvoirai : les Dieux m'inspireront, sans doute.
De Rome je n'ai point encore pris la route ;
Tout n'est point épuisé pour s'assurer de moi.
Non, César, j'en saurai disposer malgré toi.
Sophonisbe prévint par sa mort l'esclavage :
J'ai la même fierté : j'en aurai le courage.
Il m'a fait prévenir qu'il doit se rendre ici.
Quel est son but ? Sans doute il veut être éclairci
Des divers sentimens dont je suis agitée ;
Connaître à quel parti je me suis arrêtée ;
Si, docile à ses vœux, il pourra m'engager
A fléchir sous le joug dont il veut me charger.
Si tel est son espoir, bien loin que je m'efforce
A l'en dissuader, j'y donnerai d'amorce ;
Je feindrai de céder à la nécessité.
Il m'est dur jusques-là d'abaisser ma fierté :
C'est un cruel effort ; mais je dois m'y soumettre :
C'est le dernier ; il doit me délivrer d'un maître.
J'entends du bruit : peut-être est-ce lui ? Je frémis.

SCÈNE II.

OCTAVE, AGRIPPA, ARRIUS, CLEOPATRE, CHARMION, IRAS, SELEUCUS, SUITE D'OCTAVE, GARDES.

CLÉOPATRE.

Dans l'état de misère où les Dieux m'ont soumis,
Quoi ! vous daignez, seigneur, voir une infortunée !
Mais d'un fils de César dois-je en être étonnée ?
D'un cœur tel que le sien on doit tout espérer.
Son nom sur mes destins a dû me rassurer.

(*Elle lui indique avec la main les lettres de César.*)

Vous le voyez, il vit toujours dans ma mémoire.
J'aime à me rappeler les beaux jours de ma gloire.
Monumens précieux de ses bontés pour moi,
Parcourez ses écrits, seigneur : ils en font foi.
Hélas ! en les traçant, il était loin, sans doute,
D'imaginer qu'un jour ma fortune dissoute,
Je m'en ferais un titre aux regards de son fils ;
Qu'en ma faveur, peut-être, émouvant ses esprits,
Ce fils, loin d'abuser de son destin prospère,
Dans un cœur qu'il aima respecterait son père,
Tendrait à ma faiblesse un généreux appui,
Moins par rapport à moi, que par rapport à lui.

OCTAVE.

Sans doute de César la mémoire m'est chère ;
Mais je n'ai pas besoin du souvenir d'un père
Pour m'engager, madame, à m'employer pour vous :
C'est un devoir sacré, dont je suis seul jaloux.
Il suffit que le sort de ses traits vous accable,
Pour avoir sur mon cœur un titre incontestable.
Rassurez-vous, calmez un si pressant effroi.
L'infortune a le droit d'attendre tout de moi ;

Et vous me la rendez à mes yeux plus touchante.
Permettez cependant que je vous représente
Qu'il ne tenait qu'à vous d'éviter vos malheurs ;
Que vous avez vous-même occasionné vos pleurs ,
Creusé le précipice où le destin vous plonge.
S'il est vrai que le temps dans votre esprit prolonge
De César en effet encor le souvenir,
Contre son propre sang deviez-vous vous unir ?
De l'époux de Fulvie embrasser la défense ?
Soustraire votre empire à mon obéissance,
Tandis qu'en mon pouvoir le sort l'avait soumis ?
Fomenter contre moi vingt peuples d'ennemis.
Etait-ce aimer César que de poursuivre Octave ?
Je suis loin d'insulter au destin qui vous brave :
Je m'en rapporte à vous ; mes témoins sont vos faits.
J'avais fait de ma sœur le lien de la paix.
Vous portez la discorde au sein de ma famille ;
De la sœur de César vous outragez la fille (1) :
C'est peu de lui ravir l'amour de son époux,
De vous approprier sa tendresse pour vous ;
Vous la faites chasser d'Athênes , de la Grèce ,
Jalouse des autels que par-tout on lui dresse.
Et vous osez vous faire un appui de César !
Renoncez-y ; pour vous c'est un faible rempart.
Plus pour vous son amour fut ardent, véritable,
Et plus à mes regards il vous rendrait coupable ,
Si mon cœur vous jugeait sur un pareil témoin.

CLÉOPATRE.

Hélas ! de m'excuser je suis , sans doute , loin.
Je sais trop qu'à vos yeux rien ne prend ma défense.
Mais le crime souvent n'est que dans l'apparence.
Tous ceux que vous venez de m'imputer , seigneur,
Sont des crimes du sort et non pas de mon cœur :

---

(1) Petite-fille.

Il en est innocent ; le sort seul est coupable.
Citée au tribunal d'un guerrier redoutable,
Long-temps d'y comparaître on me vit éluder.
La faiblesse à la force est contrainte à céder.
Je m'y rendis plutôt que de m'y voir traînée.
Absoute à ses regards, loin d'être condamnée.
Quelle fut ma surprise et mon étonnement !
Le juge disparut et fit place à l'amant.
Un refus m'exposait, et pouvait tout détruire.
Je lui cédai mon cœur pour sauver mon empire.
Je ne m'en défends pas : voilà mon premier tort.
Devais-je rejeter d'Antoine le support ?
Une fois enchaînée au char de sa fortune,
M'en détacher, cesser de la rendre commune ?
Est-on libre à son gré de disposer de soi ?
L'impérieux honneur, dont je suivais la loi,
Permet-il qu'engagée, on rende sa foi vaine ?
L'amour, encor plus fort, que l'on brise sa chaîne ?
J'insulte au souvenir de César ? Non, seigneur ;
Il est toujours gravé dans le fond de mon cœur.
Mais quelque chère encor que me soit sa mémoire,
Lui devais-je immoler ma liberté, ma gloire ?
A ce que je lui dois la mort a mis le sceau.
Il n'a rien à prétendre au-delà du tombeau.
De mes engagemens j'ai rempli l'étendue ;
Je rentre dans mes droits, à moi-même rendue.
Comme reine j'ai dû sauver mon peuple et moi ;
Comme amante j'ai pu disposer de ma foi,
Faire choix d'un héros ardent à me défendre.
La nièce de César n'aurait pas dû s'attendre
Que j'eusse osé ravir Antoine à ses attraits,
Je devais respecter le lien de la paix :
Aux dépens de mon cœur on l'avait cimentée.
Avant de la signer m'avait-on consultée ?

Est-il donc défendu de reprendre son bien ?
Son titre était, dit-on, plus grave que le mien.
Consacré par l'hymen, il était légitime.
Eh ! qu'importe à l'amour sous quel titre on l'opprime ?
Toute distinction disparaît à ses yeux.
La Nature l'emporte ; elle est la voix des Dieux.
Pour ramener un cœur dans sa première chaîne,
Tout est juste, pourvu qu'à son but on parvienne.
L'amour au désespoir ne considère rien ;
Tous moyens sont permis pour s'asssurer son bien.
J'étais amante et reine ; et, sous ce double titre,
Je n'ai rien épargné pour m'en rendre l'arbitre.
Je sais que c'est un crime aux yeux de votre sœur.
Je n'ai point cependant attaqué son honneur.
Quelque ressentiment qu'une rivale excite,
Jamais on ne me vit dénigrer sa conduite.
Le serpent de l'envie à mes pieds abattu,
Avec tout l'univers j'ai loué sa vertu.
Mais si je lui devais, seigneur, cette justice,
Je ne lui devais point mon cœur en sacrifice.
Vous pouvez la venger de ses pleurs aujourd'hui ;
Les Dieux ont par vos mains renversé mon appui ;
Instrument de leur haine, achevez leur poursuite.
Les Destins sont pour vous ; ma puissance est détruite ;
La victoire sur moi vous donne tout pouvoir.
Les dieux m'ont tout ravi, tout jusques à l'espoir
De pouvoir à mon gré disposer de moi-même.
Quels biens ai-je sauvé de ma grandeur suprême ?
De tous ceux dont m'avaient enrichi les destins,
Voilà ce qu'il en reste encore dans mes mains.
Je vous les remets tous.

S É L E U C U S.

Tous n'y sont pas, madame :

Vous en avez soustrait.

CLÉOPATRE.

J'en ai soustrait, infâme !

Quoi ! c'est pour me braver que tu parais ici ?
Et vous souffrez, seigneur, que l'on m'outrage ainsi !
Qu'un serviteur, un traître à cet excès s'oublie !
Comblé de mes bienfaits devant vous m'humilie !
Que dis-je ? dans ce jour rien doit-il m'étonner ?
Tous les cœurs contre moi doivent s'aliéner.
Dans le gouffre de maux où je suis descendue,
Par quel titre serai-je encore défendue ?
De tous ceux que j'avais dépouillée à-la-fois,
Au respect des mortels ai-je encore des droits ?
Esclave, on m'a ravi jusqu'au titre de reine :
Il ne me manque plus que d'en porter la chaîne.
Peut-être on me réserve encore cet affront.
Malheureuse ! d'un roi (1) je fis rougir le front ;
J'ordonnai son opprobre, et je veux m'en exclure !
On le venge, on me rend injure pour injure.
Qu'attend-t-on ? que mes fers soient sans doute forgés.
On veut, avant d'en voir mes faibles bras chargés,
Essayer de les rendre à leurs vœux plus dociles.
De quoi me servirait des efforts inutiles ?
Roseau faible, le sort me contraint à plier.
On sait qu'impunément on peut m'humilier :
Un lâche, un Séleucus vient d'en fournir la preuve.
Ma constance peut tout : on l'a mise à l'épreuve.
On m'accuse d'avoir à vos regards soustrait
Quelques joyaux, seigneur. Il est vrai, je l'ai fait ;
J'ai cru que je pouvais les retenir sans crime,
Non dans l'espoir, seigneur, d'orner votre victime :
Dans l'état où je suis on n'a pas cet orgueil ;
Je ne la parerai qu'aux portes du cercueil.

_____

(1) Artabaze.

7

Libre dans cet instant, tout est permis, peut-être;
Mais arrivée à Rome à la suite d'un maître ,
Etrangère et livrée en de serviles mains,
Objet infortuné du mépris des Romains,
Dont je ne pourrai vaincre et désarmer la haine ,
Dans l'espoir que Livie allégerait ma chaîne ,
Qu'Octavie éteindrait un trop juste courroux ,
J'ai cru pouvoir, seigneur, leur offrir ces bijoux;
Espèrant que leur ame à la pitié soumise ,
Ne dédaignerait point ces dons de ma franchise.
Connaissant leur pouvoir sur vous , sur votre foi,
Voudraient bien l'une et l'autre intercéder pour moi ,
Disposer votre cœur envers votre captive.

O C T A V E.

Elles exerceraient une puissance oisive.
Vous n'avez pas besoin d'elles auprès de moi.
J'approuve cependant de vos joyaux l'emploi :
Disposez-en , madame, au gré de votre envie ;
Loin de les contester à ma sœur , à Livie ,
A ceux que vous m'offrez , j'en joindrai de nouveaux.
La gloire est le seul but où tendent mes travaux.
Je l'envisage seule et méprise le reste.
Pourquoi vous renfermer dans ce séjour funeste,
Plus propre à les nourrir qu'à soulager vos maux?
Hé quoi ! préférez-vous l'aspect de ces tombeaux
Au séjour plus riant du palais de vos pères ?
Ce n'est qu'en les aidant qu'on rend les Dieux prospères.
Les portes du palais sont ouvertes pour vous ;
De vous y recevoir chacun sera jaloux.
Comme si vous aviez encor le diadême,
Vous y serez servie à l'égal de moi-même.
J'en ai prescrit à tous l'ordre; rien n'est changé.

C L É O P A T R E.

Séleucus cependant s'en est cru dégagé :

Ce qu'il a fait, sans doute un autre peut le faire.

OCTAVE.

Oubliez d'un sujet l'audace téméraire.

CLÉOPATRE.

D'un sujet ! De mes lois ils sont tous affranchis.
J'en eus quand j'étais reine; à présent je fléchis.
Comprise au même rang, je reconnais un maître :
Le sort injurieux m'oblige à m'y soumettre.
Je puis donc, dites-vous, habiter le palais ?
Il suffit, je me rends, seigneur, à vos souhaits :
Vous serez satisfait de mon obéissance.

(*Après s'être examinée avec surprise.*)

Ciel ! qui m'a fait blesser les lois de la décence ?
Ai-je pu me produire en l'état où je suis ?
C'est l'effet malheureux de mes mortels ennuis.
Dans le trouble fatal dont j'étais abattue,
Tout, jusqu'à la pudeur dans mon ame s'est tue.
Quelle honte ! c'est trop rougir devant César;
Je ne puis plus long-temps soutenir son regard.
Souffrez, pour un moment, seigneur, que je vous laisse;
Le désordre où je suis m'y convie et m'en presse :
Permettez qu'à l'instant j'aille le réparer.
Je ne tarderai point, seigneur, de me montrer
Dans un état plus noble et plus digne peut-être,
D'une reine avilie et qui rougit de l'être.

SCÈNE III.

OCTAVE, AGRIPPA, ARRIUS, SUITE, GARDE

OCTAVE, *à Agrippa.*

Crois-tu que je parvienne à vaincre sa fierté ?
Son cœur de son destin paraît moins révolté,
Se dévouer plus humble au joug qui la menace.

La vie a des attraits.

A G R I P P A.

      Oui, pour une ame basse;
Mais pour un cœur à qui l'honneur est précieux,
La vie a moins d'attraits qu'un trépas glorieux;
Et c'est ainsi, seigneur, que pense Cléopâtre.
L'honneur peut tout sur elle, elle en est idolâtre:
Cet honneur, qui l'éclaire et dirige ses pas,
Lui fera d'un œil sec affronter le trépas
Plutôt que sous le joug elle s'assujettise.
Sophonisbe emprunta l'aide de Massinisse
Pour affranchir ses mains de l'opprobre des fers,
Eviter de rougir aux yeux de l'univers :
Croyez-vous qu'elle soit moins sensible à la honte ?

O C T A V E.

Je sais de son orgueil tout ce que l'on raconte:
Mais cet orgueil dût-il à la mort la porter,
Que peut-elle ? J'ai fait avec soin écarter
Tout instrument propice à servir cette envie.

A G R I P P A.

Une ame résolue à sortir de la vie
A toujours devant soi mille chemins ouverts ;
On a beau lui voiler la route des enfers,
Le désespoir la trouve et sait en faire usage.
On peut toujours mourir lorsqu'on a du courage,
Et l'on sait que la reine en est pourvue assez.

O C T A V E.

Ces joyaux retenus pour être dispensés,
En arrivant à Rome, à ma sœur, à Livie,
Sont garans qu'elle songe à conserver sa vie.

A G R I P P A.

Peut-être qu'elle croit attendrir le vainqueur,
Que César désarmé n'aura pas la rigueur

De lui faire subir un indigne esclavage,
L'affranchira d'un joug imposé par l'usage,
Mais que l'humanité désavoue et proscrit.

OCTAVE.

C'est sans doute à regret que mon cœur y souscrit.
Il m'est dur de réduire une femme à la chaîne,
Aux regards des Romains d'avilir une reine;
Mais telles sont nos lois, tu ne l'ignores pas.
Quoique mon cœur les blâme et condamne tout bas,
Je n'ai garde pourtant de leur porter atteinte;
Ce serait provoquer le murmure et la plainte,
Hasarder la faveur des Romains qui me luit:
Mon triomphe à leurs yeux serait vain et sans fruit,
S'il ne leur présentait Cléopâtre en spectacle.
A l'amour qu'il me porte irai-je mettre obstacle?
Non, sans doute, je dois toujours m'y maintenir;
C'est le feu de Vesta qu'il faut entretenir,
Sans cesse alimenter crainte qu'il ne s'éteigne.
Dans les larmes d'autrui leur cœur se plaît, se baigne.
Il faut le contenter, le servir à son goût.
Un cœur ambitieux est capable de tout.
L'aspect de l'infortune est son plaisir extrême:
Je lui présenterai la pâture qu'il aime.

ARRIUS.

Vous pourriez vous tromper, seigneur, dans votre espoir.
Quel que soit sur les cœurs votre absolu pouvoir,
Vous êtes encor loin de soumettre la reine,
De réduire ses mains à porter votre chaîne:
Elle en est incapable; et son cœur m'est connu.
Par cent rois ses aïeux il sera soutenu.
S'il faut à vos Romains de semblables spectacles,
La victime à leurs vœux oppose trop d'obstacles.

OCTAVE.

On peut les surmonter : qui peut tout, ose tout.

ARRIUS.

Scipion l'entreprit sans en venir à bout.

OCTAVE.

Octave, plus heureux, parviendra jusqu'au terme.

ARRIUS.

On peut vous opposer un rempart aussi ferme,
Contre lequel, sans doute, on fait un vain effort.
Vous ne l'ignorez pas, ce rempart est la mort.

OCTAVE.

Elle est sourde à ses vœux; je l'ai mise à la chaîne.

ARRIUS.

Elle sera rompue.

OCTAVE.

Et par qui?

ARRIUS.

Par la haine.
Agrippa vous l'a dit; je pense comme lui.

OCTAVE.

Quoi! tu te fais aussi toi-même son appui!
D'où vient en sa faveur le zèle qui t'entraîne?
Que peut-elle pour toi? N'étant plus souveraine,
Son sceptre ayant passé dans les mains du vainqueur,
Tu n'es plus son sujet.

ARRIUS.

Je le suis par le cœur.
Quoiqu'un destin cruel sous vos lois l'asservisse,
Elle est toujours ma reine, et je lui rends justice.
Mon cœur n'est point changé par son désastre; non.
Je laisse aux Séleucus cet indigne abandon,
D'outrager une reine au désespoir réduite,
Dans l'espoir à vos yeux de s'en faire un mérite;
De n'offrir leur encens qu'à la prospérité.
Insulter au malheur est une lâcheté.

Je suis loin d'imiter un si perfide exemple.
Aux Dieux que je servais je conserve leur temple ;
Et quoique par le sort leur culte soit dissout,
Leur autel dans mon cœur reste toujours debout.
La Fortune à mes yeux n'a rien qui m'éblouisse.
Sur le trône placée, ou dans un précipice,
La vertu sur mon cœur ne perd jamais ses droits.
J'élève également en sa faveur ma voix.
Que dis-je ? le malheur la rend encor plus forte.
Je sais que c'est en vain que son zèle me porte
A désarmer deux fois en un jour le vainqueur.
Ma voix n'espère pas un succès si flatteur.
Pour le cœur d'Arrius ce serait trop de joie.
Oter à son triomphe une si belle proie,
L'empêcher d'enchaîner une reine à son char :
Quelque haute vertu qu'on suppose à César,
Elle ne peut atteindre à ce degré sublime.
La victoire retient sous le joug la victime.
En vain l'humanité lui prête son appui ;
Ses accens étouffés ne peuvent rien sur lui.
Rome, Rome l'appelle ; il faut la satisfaire,
Immoler une reine au desir de lui plaire.
Sans son titre, son sort aurait moins de rigueur.
César à la pitié n'eût point fermé son cœur.
Il flatte son orgueil : c'est à lui qu'il l'immole ;
C'est l'orgueil qui la traîne au pied du Capitole,
Qui la donne en spectacle aux regards des Romains.
Je sais que je ne puis l'arracher de vos mains ;
Mais, quoique convaincu d'une entreprise vaine,
J'aurai rempli ma tâche envers ma souveraine,
Et du moins satisfait à ce que je lui dois.

OCTAVE.

Trop sûr que sa fierté du trépas fera choix

Plutôt que de subir un joug qui l'humilie,
A quoi bon m'implorer?

ARRIUS.

Pour épargner sa vie :
C'est le but, le seul but, seigneur, où je prétends,
S'il est vrai toutefois qu'il en soit encore temps.
Diomède paraît.

SCÈNE IV.

OCTAVE, AGRIPPA, ARRIUS, DIOMEDE,
SUITES, GARDES.

OCTAVE.

Ciel! que vient-il me dire ?

DIOMÈDE.

Cette lettre, seigneur, saura vous en instruire.

OCTAVE.

Donne. D'où la tiens-tu ? de la reine?

DIOMÈDE.

Oui, seigneur.

OCTAVE. *Il lit.*

« Triomphe ; la victime est digne du vainqueur.
» J'ai promis de la rendre à tes regards parée.
» Ton attente long-temps ne sera point frustrée :
» Tu la verras ; tes yeux peuvent s'y préparer.
» Aux regards des Romains tu voulais la montrer?
» Tu connaissais bien peu le cœur de Cléopâtre.
» Au-dessus des revers le sort ne peut l'abattre.
» Elle est libre ; et je vais dans l'instant le prouver ».

(*Après avoir lu.*)

Aurais-je vainement tenté de la sauver ?
Rendrait-elle en effet ma victoire imparfaite ?
Qu'on ouvre ! Ce billet m'alarme et m'inquiète;
Cache quelque dessein dont je veux m'éclaicir.

SCÈNE V.

OCTAVE, AGRIPPA, ARRIUS, DIOMEDE, CHARMION, etc.

La porte ouverte, on voit Cléopâtre étendue sur un lit exhausé sur plusieurs marches, parée avec tous les attributs de la royauté. Charmion s'occupe à lui arranger la couronne sur la tête. Iras, morte, est couchée sur les degrés.

OCTAVE.

Juste ciel ! quel spectacle à mes yeux vient s'offrir !
Je l'aurais dû prévoir ; c'est ma faute, sans doute.
Comment s'est-elle ouvert aux enfers une route ?
Charmion, tu le sais ; parle : par quel moyen.... ?

CHARMION.

A moi seule et aux Dieux ce secret appartient ;
Renfermé dans mon cœur je n'en dois aucun compte.
Penses-tu qu'elle fût insensible à la honte ?
Qu'elle dût prolonger le reste de ses jours,
Pourquoi ? pour en flétrir par l'opprobre le cours.
Pour orner ton triomphe à ton char enchaînée,
Et rejouir les yeux d'une foule effrénée !
Non, Octave ; l'honneur veillait sur ses destins,
En vain tu lui fermais du trépas les chemins ;
Elle a su, malgré toi, s'affranchir de la vie,
Mourir en reine et non en esclave asservie,
Conserver toujours pur le sang de ses aïeux,
Cette noble fierté qu'elle avait reçu d'eux,
Descendre chez les morts avec toute sa gloire,
Et braver son vainqueur au sein de la victoire.
Je blesse, je le vois, ton orgueil confondu.
Maître de l'univers conquis, moins que vendu,

Enivré d'un encens adulateur, servile,
Ce langage, sans doute, en un sexe fragile,
Est pour César aussi surprenant que nouveau.
C'est assez que de voir sa victime au tombeau
Le priver par sa mort de son plus beau trophée,
Sans provoquer encor sa vengeance étouffée,
Aigrir par mes discours l'ennui qu'il en conçoit.
Et qu'importe envers moi son courroux, quel qu'il soit ?
Je puis le défier; la mort est dans mes veines.
Cléopâtre, en mourant, a su braver tes chaînes.
Penses-tu que la vie eût pour moi plus d'appas ?
Non, sans doute; je cours sur les traces d'Iras,
La joindre, à son exemple, au ténébreux rivage.
J'aurais moins différé d'en trouver le passage;
Mais j'ai voulu jouir de ta confusion,
Avoir auparavant la consolation
D'assouvir contre toi la haine qui m'anime.
Satisfaite, je rends à la mort sa victime.
Favorable à mes vœux, elle vient, je la sens :
Elle est sans aiguillon pour qui fuit ses tyrans;
Loin de la redouter, son secours m'est propice.
Chère reine, reçois ma vie en sacrifice:
Il coûte peu, puisqu'il me rapproche de toi.
Iras l'a consommé plus heureuse que moi.
Le mien va l'être; il l'est. A ses côtés j'expire.

OCTAVE.

O ciel! de l'univers que me coûte l'empire!
Au prix de tant de sang fallait-il l'obtenir ?
Arrius, Agrippa, je n'ose soutenir
Les regards indignés et de l'un et de l'autre.
Ma gloire, je le sais, n'égale pas la vôtre.
Vous l'emportez sur moi; vous m'avez convaincu
Que tout triomphe est vain et nul sans la vertu.
Aveuglé par l'orgueil, j'osai vous contredire;

Son voile est déchiré : j'abjure son empire.
Assez et trop de sang inonda l'univers.
Je dois le consoler de tant de maux soufferts ;
A force de bienfaits distraire la mémoire
De ces jours ténébreux dont j'ai noirci ma gloire.
C'est former un projet aussi grand qu'élevé.
Mais je connais mon cœur pour l'avoir éprouvé.
Dirigé par vos soins , il n'est rien qu'il ne tente.
Vous rendez la vertu si belle, si touchante,
Qu'on ne peut résister à son charme vainqueur.
Ne vous rebutez point ; son germe est dans mon cœur.
Nous avons étouffé nos guerres intestines ;
Du monde ravagé réparons les ruines.
Que les arts des mortels adoucissent les mœurs !
Muses , vous n'avez plus de dénonciateurs.
Sortez de vos déserts , errantes , fugitives ;
Rassurez-vous , Piérus a vu les sombres rives !
Ce temps de vos malheurs ne reviendra jamais.
Octave vous annonce et vous promet la paix.
C'est trop peu de régner sur la terre soumise ,
Il veut la rendre heureuse après l'avoir conquise ;
Enchaîner la discorde , extirper les abus
Et fermer pour toujours le temple de Janus.

Fin du cinquième et dernier Acte.

CATALOGUE
DES LIVRES DE FONDS
Qui se trouvent chez le même Libraire.

Romans nouveaux.

ADOLPHE et Zénobie, ou les effets de la jalousie, 2
vol. in-12. . . . . 3 fr.

Histoire d'un Chien, écrite par lui-même, et publiée par
un homme de ses amis, ouvrage critique, moral et phi-
losophique; 1 volume in-12, avec fig. . . . . 2 f.

Histoire d'une Chatte. . . . . 1 f. 50 c.

La Boîte de Pandore, in-8°. . . . . 1 f.

La première Nuit de mes noces, par l'auteur de l'Histoire
d'un Chien; 2 vol. avec fig. . . . . 3 f.

La Famille des Menteurs, par le même auteur; 1 vol.
in-12 avec fig. . . . . 2 f.

Peut-on s'en douter ? ou Histoire véritable de deux familles
du Norwick, par madame Bournon Mallarme; 2 vol.
in-12 avec fig. . . . . 3 f.

Le Savetier enrichi, ou les trois Mois de Niperc; vol.
in-12, fig. . . . . 1 f. 50 c.

Clémence, roman moral, 3 vol. in-12 avec fig. . . 6 f.

Les Après-Dîners de Campagne; vol. in-18 avec fig. . 75 c.

Le Censeur. . . . . 75 c.

Les Veillées Militaires, 2 vol. in-12. . . . . . 3 f.

L'Italienne, ou amour et persévérance, 1 vol. in-12.

Sous presse. Le Gascon de la rue Saint-Denis, 4 vol.
in-12. . . . . 7 f. 50 c.

Pièces de théâtre.

Helvétius, ou la Vengeance d'un sage, comédie en un acte et en vers, par M. Andrieux, membrede l'Institut. 1 f. 20 c.

Le Concert interrompu, comédie en un acte , mêlée d'ariettes. . . . . 1 f. 20 c.

Les Hasards de la guerre, comédie mêlée de vaude- villes, en un acte. . . . . 1 f. 20 c.

Le Peintre Français à Londres, comédie mêlée de vaude- villes, en un acte. . . . . 1 f. 20 c.

Le Congé, ou la Fête du vieux soldat, comédie mêlée de vaudevilles, en un acte.. . . . . . . 1 f. 20 c.

Fontenelle, comédie en un acte. . . . . 1 fr.

La Petite École des pères. . . . . 1 f. 20 c.

Siri-Brahé, drame historique. . . . . . . 1 f. 50 c.

Sophie, ou la Malade qui se porte bien, comédie mêlée de vaudevilles, en trois actes. . . . . . . 1 f. 50 c.

Georges Times, ou le Jokei-Maître, comédie mêlée de vaudevilles, en un acte. . . . . 1 f. 20 c.

Fera-t-on la noce? comédie en un acte, mêlée de vau- devilles . . . . 1 f.

Léhéman, ou la Tour de Newstadt, opéra en trois actes. . . . . 1 f. 50 c.

Joanna, opéra en deux actes (réprésenté sur le théâtre national de l'Opéra-comique) . . . . . 1 f. 20 c.

L'Irato, ou l'Emporté, opéra – bouffon ; seconde édi- tion . . . . 1 f. 20 c.

Allez voir Dominique, vaudeville en un acte. 1 f. 20 c.

Le Mari, l'Amant et le Voleur comme il y en a peu, vaudeville en un acte. . . . . 75 c.

Une Heure d'absence, comédie en un acte en prose, de M. Loraux, neveu (représentée au théâtre Louvois) . . . . 1 f. 20 c.

Pont-de-Veyle, ou le Bonnet de Docteur, vaudeville en un acte, (du théâtre Montansier).. . . . . . . 1 f.

La Petite école des Pères, comédie en un acte et en prose (réprésentée sur le théâtre Louvois).. . . . 1 f. 20 c.

Le petit Jacquot, opéra en un acte, (du théâtre Montansier). . . . . 1 f.

Le Joueur d'échecs, vaudeville en un acte, de MM. Marsollier et Chazet, (du théâtre Montansier). 1 f.

L'Abbé Pellegrin, vaudeville en un acte, (du vaudeville). . . . . 1 f. 50 c.

L'Un pour l'Autre, vaudeville en un acte. . . 1 f. 20 c.

Méléagre Champenois, vaudeville en un acte. 1 f. 20 c.

Marmontel, vaudeville en un acte. . . . . 1 f. 20 c.

Le Procès, ou la Bibliothèque de Patru, vaudeville en un acte. . . . . 1 f. 20 c.

Catinat à Saint-Gratien, vaudeville en un acte. 1 f. 20 c.

L'Anglais à Berlin, comédie en un acte. . . 1 f. 20 c.

Le Double mariage. . . . . 1 f.

Madame MASSON tient généralement tout ce qui concerne la Librairie, Romans nouveaux, Pièces de théâtre anciennes et modernes, et l'on peut s'abonner chez elle pour la lecture.

Monsieur,

Si les Énigmes et les Logogryphes, redevenus à la mode, ne s'emparent point de toute l'étendue de votre journal, je vous prie de m'y ménager un petit coin pour y annoncer mon Antoine et Cléopâtre, et même d'en dire un mot, si l'espace vous le permet et ce n'est pas trop exiger de votre complaisance. Vous obligerez, Monsieur, Votre très reconnaissant Serviteur.

S. D. M.

Paris ce 12 Germinal an 11.e de la Rép.e

Au Citoyen,

Le Normant, rue des Prêtres-S.t-Germain
- L'Auxerrois, N.º 42. Pour –
remettre, s'il lui plaît, au rédacteur
du Mercure.

— A Paris —

Monsieur

Vous vous êtes rendu si redoutable dans la République
des Lettres que je dois craindre de vous faire passer ma
Cléopâtre. Elle a été si maltraitée par les premiers Juges
que j'aprehende qu'elle n'acheve d'expirer entre vos mains
Si je dois les en croire, le divertissement que j'ai introdui
dans ma pièce la dépare. Si je n'avais que cette seule
faute à m'imputer, je serais peu en peine de son succè
persuadé qu'un divertissement n'est pas plus déplacé
dans une tragédie que dans tout autre ouvrage dramatiq
pourvu qu'il y soit amené à propos. En sorte que la
question, selon moi, se reduirait à savoir, si j'ai bien o
mal placé le mien, et je me flatte d'avoir résolu en m
faveur dans ma préface. Si je ne me suis pas fait illusion.

J'ai encore une autre objection, qu'on ne m'a point faite, mais que je soupçonne qu'on peut me faire, c'est d'avoir donné trop de longueur à mes récits : mais je vous prie de considérer qu'ayant composé ma pièce dans un tems où les français ne respiraient que guerre et que combats, je crus à moment favorable pour leur en présenter le tableau avec quelque étendue, d'autant plus que la plûpart ayant combattu en Égypte, je pensai qu'ils ne verraient pas sans intérêt qu'on les transportât sur le théâtre de leur gloire. D'un autre côté j'avais un but moral, qui ne vous échapera pas, sans doute, celui d'inspirer de l'éloignement pour l'inhumanité, convaincu que le théâtre comme la chaire, vous me pardonnerez cette alliance, doivent tâcher de rendre les hommes meilleurs, discerner le guerrier généreux du brigand féroce et sans pitié.

Quant aux autres écueils où j'ai pû échouer, je vous laisse le soin de les marquer, si toutefois mon ouvrage vous paraît digne de cet examen. Comme qu'il en soit Je n'en rendrai pas moins Justice à la Supériorité de votre esprit et de vos lumières, en avouant cependant que vous en faites quelquefois un coupable usage. L'Art est si difficile, qu'on doit quelque indulgence à ceux qui s'y adonnent, Surtout — Lorsque leurs productions décèlent quelques étincelles de génie Il est si rare, pourquoi le désespérer?

Je suis très respectueusement, Monsieur, votre Serviteur.

S. D. M.

Paris 12 Germinal an 11e de la Rque

Au Citoyen

Le Normant, imprimeur, rue
des Prêtres-Saint-Germain-L'auxerrois,
N.º 42. Pour remettre s'il lui plait
au rédacteur du feuilleton du journal
des débats.

à Paris

www.ingramcontent.com/pod-product-compliance
Lightning Source LLC
Chambersburg PA
CBHW060830250626
47162CB00005B/2008